下雨的書店

日向理惠子 著
吉田尚令 繪
林佩瑾 譯

目次

人物簡介

露子

露子原本很喜歡看書，但最近爸媽只講故事給妹妹聽，露子失去了對書的興趣，然而，這天她來到了「下雨的書店」，即將開始一場意想不到的冒險。

古書先生

「下雨的書店」的老闆，戴著大大黃色鏡片的眼鏡，眼珠如月亮般明亮，是隻渡渡鳥。

舞舞子

舞舞子是精靈使者，有美麗的鬈髮、飄浮在四周的泡泡，以及彷彿由苔蘚和蜘蛛絲做成的洋裝。

她的旁邊還有「書芊」與「書蓓」：一個穿著藍色小丑裝，另一個則是紫色小丑裝，肩上還圍著羊皮紙披風。她們靠著飄揚的披風浮在空中，專門負責找出客人想要的書。

星丸

「下雨的書店」的常客，頭髮亂得像鳥窩，額頭有個白色星星圖案，他每天都住在不同的地方，可以住在丟丟森林，也可以住在人類的夢裡。他是個瀟灑而漂泊的冒險家！

獵書嗡嗡

就是俗稱的「書蟲」。牠們跟各種愛書人一樣，專門攝取故事與文字的營養維生。

下雨的書店裡的書

這裡的書是由人類遺忘的故事跟雨水做成的。假如有人忘了自己的故事，或沒有留下紀錄，故事就會迷路。「下雨的書店」專門收集那些故事，再利用雨水完成一部作品。

故事種子

花中間的東西就是故事種子。一旦跟雨水進行呼應作用，種子就能變得有趣，它們來自丟丟森林，「下雨的書店」就是從那裡批來故事種子。

下雨的書店的製書室

擁有明亮的大廳，是個大得驚人的圓形房間，有藍寶石色的天花板，下著清澈的雨水。地板不是地板，而是澄澈如鏡的湖水。湖面上遍布著狀似睡蓮的花朵，花瓣有如極光色的玻璃紙，掛著一顆顆雨珠。其中的地板是圍繞著湖水的玻璃地板。依據角度不同，還能從透明玻璃地板看出七彩變化，好像站在空中似的。迷失的故事會在這兒淋著雨，變成書本。

夢之力

當你看書的時候，會想像角色的長相和故事中的場景嗎？那就是「夢之力」。還有，走在路上的時候，會想著下個轉角會遇見誰，也會想著：不知道今天的晚餐是什麼。思考這些事情，靠的就是「夢之力」，也可以說是想像力，每個人類都有的力量！

一　圖書館的密道

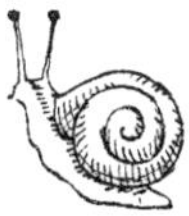

天空的綿綿細雨突然變成滂沱大雨，露子趕緊衝進附近的市立圖書館。

她甩掉淡綠色雨衣上的雨水，用手帕擦擦頭髮，然後嘆了口氣。

（唉，真倒楣。）

露子幫媽媽跑腿買東西，途中卻遇到大雨。她的購物袋裡有兩個布丁……一個給媽媽，一個給莎拉。露子只幫自己買了藍色果凍，因為她才不想跟莎拉吃一樣的東西呢。

說到莎拉，她不僅年紀小，又體弱多病，總是一個人獨占媽媽。像是前陣子，她也是又哭又鬧，硬是將露子最喜歡的熊貓玩偶據為己有。

那種小孩哪裡可愛？露子想捉弄莎拉，於是在路邊抓了一隻蝸牛，偷偷藏在口袋裡。露子真想瞧瞧莎拉嚇得哇哇大哭的樣子，不過，看來是暫時無法離開圖書館了。

一　圖書館的密道

淅瀝嘩啦……

雨水彷彿銀色的窗簾，流過書櫃另一側的大玻璃窗。

露子不自覺苦悶的嘆了口氣，在書櫃間隨意閒晃。

有三個人默默的圍著狹長的閱覽桌讀書。戴著耳機的學生、戴著黑框眼鏡的大叔，以及托著腮幫子的女人，大家好似被書本施了魔法，個個悶不吭聲，連半點聲響都沒有。

氣氛怪陰沉的，安靜到令人不自在。而且，一排排的書櫃好像長了眼睛，那些書本彷彿注視著露子，說著：讀我啊、讀我……

（雨怎麼不快點停呢……）

書櫃宛如巨型迷宮的牆壁，露子漫不經心的穿梭其中。由於太多人借閱，書背的尖角已磨得圓滑，它們瞇起眼睛，直直的盯著露子——那些視線變成四面八方的小小引力，吸引著露子的心。

（不行、不行，絕對不行。）

露子死也不看書櫃，筆直往前走。

露子最討厭書了。以前媽媽會特地買書給她，開開心心的聽她念故事書……而且，晚上睡覺前，媽媽一定會說故事給她聽。

不料現在，這些全成了莎拉的專利。

（我再也不要讀書了。）

手上的購物袋，隨著露子的步伐發出咔沙、咔沙的聲響。「咳咳！」有人輕咳一聲，露子嚇得縮起身子。她心頭一熱，一路走向圖書館最深處，彷彿想躲起來似的。

咔啦！

忽然間，腳邊發出一聲輕響。

「……啊！」

露子的長靴旁邊有一隻縮在殼裡的蝸牛，原來是口袋裡的蝸牛掉下來了。怎麼會掉下來呢？

露子覺得納悶，但還是想撿起蝸牛。不料——蝸牛倏的探出頭來，一溜煙跑走了！

「別跑！」

露子不禁大叫。這可是用來嚇莎拉的蝸牛，況且……露子原本打算嚇哭莎拉後，就要將蝸牛放生了。圖書館裡連一攤水都沒有，若是蝸牛在這種地方走失，很快就會被踩死。

露子趕緊追向蝸牛。

儘管購物袋邊晃邊發出咔沙聲，露子也沒空管它。因為——

明明露子穿著長靴全力奔跑，卻還是遠遠追不上蝸牛，難道蝸牛穿了溜冰鞋嗎！蝸牛不是走得很慢嗎？是的，沒錯。然而，露子所追趕的蝸牛卻輕鬆逃走，敏捷得跟貓沒兩樣。露子追著小小的亞麻色身影，氣喘吁吁的在書櫃間穿梭。

一會兒彎向那邊，一會兒轉向這邊，蝸牛速度驚人的跑在露子前方。無論再怎麼拚命跑，露子就是追不上。蝸牛應該很好抓才對呀——天底下哪有這麼惱人的你追我跑！

——此時，露子驀然停下腳步。她喘著氣，終於發覺似乎有點奇怪……不，不是她自己察覺的，而是有一股驚慌與恐懼感籠罩著她，沉重得有如塞滿書的書櫃。

沒錯，恰好就像露子兩側的書櫃，高聳得直頂天花板。

「……」

這書櫃是怎麼回事……？要麼拿長到不行的梯子爬上去，要麼拜託巨人幫忙拿，否則連大人都拿不到上排的書。上頭的書也異常巨大，露子真懷疑它們是不是每一本都跟人類同樣的重。不僅如此，不知不覺中，旁邊竟然連半個人都沒有。

一股不安襲上心頭。露子從沒見過這種書櫃，而且……也不知道它們究竟通向哪裡。儘管很不想承認，但她一點辦法也沒有。露子迷路了！

（冷靜點。）

露子吞回恐懼感，說服自己冷靜。沒關係，我在建築物裡面（雖然四周都是沒見過的巨大書櫃）。附近應該有人……露子戰戰兢兢的沿著原路折返。

到處都看不到蝸牛。露子不找蝸牛了，現在她必須找到回家的路——必須回到熟悉的圖書館。

雨衣的聲響、購物袋的咔沙聲，以及自己的腳步聲，聽起來變得好大聲。除此之外，一點聲音也沒有。沒有翻書聲、沒有書本堆疊聲、沒有咳嗽聲……

不安與恐懼在露子體內逐漸擴大，彷彿一顆快要爆炸的氣球。心臟每跳動一次，胸口似乎就悶痛一下。四周實在太安靜，露子真擔心自己的心跳聲會不會震垮巨大的書櫃。

再走一會兒，再走一會兒，就能看到熟悉的書櫃了……才怪。就算是無聊到爆的經濟書也沒關係（露子以前總覺得誰會看這種書），若是能走到熟悉的區域，露子肯定會大大鬆一口氣，聞書聞個夠。

然而，無論怎麼走，就是離不開陌生的走道。無論拐過幾個彎，兩側的書櫃就像銅牆鐵壁般峨然矗立，無止境的向前延伸。露子一下子停下來左右張望，一下子前進、一下子回頭，急得四處徘徊。她活像一個盲目亂走的迷路登山客，也像一隻被關在迷宮的老鼠，沒找到出口就吃不到飼料……但是，再怎麼走都一樣。她找不到出口，就算想向人求救，也看不到半個人影。

「快來人啊！」

露子終於開始大叫了。這兒如此安靜，一定有人能聽見露子的呼喊……

露子靜靜等待有人回應。

可惜事與願違，不僅無人回應，露子的呼喊也迴盪在四面八方，變成一陣陣的回音，接著又陰森的消失。露子頓時不寒而慄——這個地方簡直跟巨大的洞穴沒兩樣！

露子再也按捺不住，試圖爬上旁邊的書櫃。說不定書櫃跟天花板中間有空隙。就算是一點點空隙也好，或許能從那兒可以看見哪裡有人；只要能對著空隙大叫，說不定就會有人聽見！

就在這時，一對小小的觸角從旁邊的書後面緩緩探出。是蝸牛！牠動了動觸角，好似正在和露子打招呼。

露子被蝸牛逮個正著，頓時覺得好丟臉，於是趕緊爬下書櫃。

她悄悄湊近蝸牛，蝸牛卻逃也不逃，對著露子晃動兩根觸角。不會吧——露子一邊想著，一邊盯著蝸牛舞動觸角。一根觸角彎下腰，另外一根挺直腰；兩根觸角尖端對齊，彎腰行個禮。接著觸角又豎直，揮手似的向右傾……簡直……好像想說些什麼。蝸牛彷彿說著：「跟我走吧！」

蝸牛爬下書櫃，配合露子的步調，慢慢往前走。一個人瞎走也不是辦法，肯定一輩子都走不出去。露子覺得真是奇也怪哉，但還是嚥下口水，跟著蝸牛往前走。

走著走著，進入一條筆直的通道。蝸牛與露子走在漫長的通道上，兩側皆是塞滿巨大書本的龐然書櫃。市立圖書館容得下這麼漫長的巨型通道嗎……露子心頭七上八下，暗想絕不可能。那麼，這裡又是哪裡……？

通道前方只看得見小小的黑點。露子回頭一望，大吃一驚。塞滿書的書櫃在白霧的籠罩下逐漸消失，彷彿灑了水的糖果，被霧一點一滴吃掉。

一時之間，露子好想掉頭溜走。若是走進那霧裡，說不定連露子也會消失——

事到如今，也只好硬著頭皮走下去了，露子心想。

蝸牛緩慢而穩健的前進。至於露子，則一臉緊張的跟在後面。

不知走了多久，前方終於出現一道小小的門。眼前不再有書櫃，而牆上的木門，連露子都必須彎腰才進得去。門上刻著一行捲曲的美術字，上面寫著：

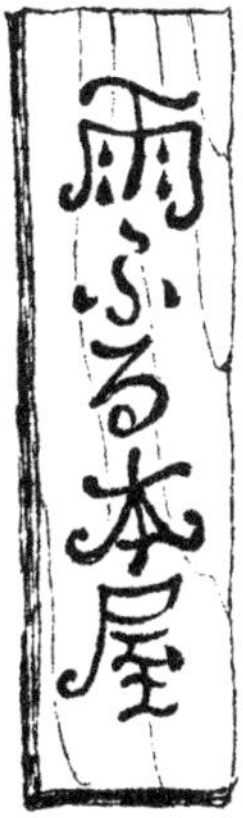

（下雨的書店）

二　奇妙的書店

嘩啦嘩啦嘩啦……

明亮的光線與溫柔的雨聲，迎接露子入內。這裡是哪裡呢？露子記得自己走過漫長的通道，然後鑽進一扇小木門……

這裡是個房間。明明四周都看不到天窗，光線卻很明亮；明明身在房間裡，屋裡卻下著雨。至於軟綿綿的地板，居然是草地呢！

書櫃跟桌上到處擺滿了水中花玻璃瓶[1]、月亮模型、玻璃火車、裝滿七彩液體的瓶子，以及發條龍跟人偶。天花板垂掛著薰衣草色的鯨魚，還有怎麼看都像用真正的水和泥土做成的地球儀。而牆邊，則是一堆用彎曲的樹木做成的奇形怪狀書櫃——

「欸欸，拜託關上門好嗎？雨會跑出去啦。」

突如其來的聲音，令露子嚇了一大跳。她也不管說話的人是誰，便趕緊關上後面的門。

1　水中花是日本的傳統人造花，裝在裝滿水的玻璃瓶中。

露子又仔細掃視房間一圈，這回驚訝的瞪大雙眼。起初完全沒發現，原來房間裡有兩個人。

一個是衣著奇特的長棕髮女子，而房間盡頭的櫃台後方，則坐著一隻長著鳥喙、戴著大眼鏡的大鳥——

露子甩甩頭，她覺得自己一定是在作夢。然而，她的雙腳確實踩在地上，而眼前的景象，無論等了多久都不曾消失。

這名身穿綠銀相間洋裝的女子眼睛一亮，靠近露子。

「哎呀、哎呀、哎呀！」

女子開心一喊，好似撿到了寶石似的。露子嚇得往後一退。女子仔細端詳露子，她的眼眸宛如黃昏的湖畔，閃爍著金黃色與藍色的光輝。

「這孩子，可是個不折不扣的人類小孩呢。古書先生，你瞧！」

女子朝大鳥招招手，原本正在閱讀桌上那本磚頭書的眼鏡鳥，皺著額頭抬起臉來。

「妳說人類？舞舞子，就算日子再無聊，也不能亂開玩笑啊。」

不過，這隻叫作古書先生的鳥一看到露子，也頓時臉色大變。

「欸、欸，這到底是怎麼回事啊！」

大鳥彷彿要跨過來似的探出身子，用大大的鳥喙指著露子（看來，這隻鳥應該是露子在繪本上看過的渡渡鳥[2]）。透過大大的黃色鏡片，他的眼珠就像月亮般明亮。

露子嚇得全身僵直，就這樣杵在原地，被這兩個奇妙的人上下打量。到底闖進了什麼地方？明明露子只是衝進市立圖書館而已……

女子似乎看出露子很害怕，於是嫣然一笑。

「妳不用害怕，我們很歡迎妳喲。好久好久沒有人類來作客了！」

2　一種不會飛的鳥，僅產於南印度洋馬達加斯加島東側的模里西斯島，已滅絕。

女子說著搖搖頭，優雅的甩動棕色鬈髮，與飄浮在四周的珍珠色泡泡。

「等等，舞舞子。真是的，到底是怎麼回事啊？妳究竟是怎麼進來的？」

渡渡鳥板起臉來問道。露子還來不及回答，渡渡鳥便靈機一動，再度從桌上探出身子。

「舞舞子，該不會！」

「沒錯，古書先生！」

這對奇妙的搭檔彼此對看，用力點頭。

咳咳！渡渡鳥重重咳了一聲，牢牢盯著露子。

「妳該不會是來找書的吧？嗯，沒錯，絕對沒錯，一定是這樣！」

露子緊張到極點，腦袋也一片混亂，卻能口齒清晰的回答問題（連她自己都嚇了一跳）。

「……不是的。因為下雨了，我只好躲進市立圖書館。然後，就一路追著蝸牛過來了。」

「嗯哼，蝸牛……？」

兩人似乎有點失望。渡渡鳥額頭一皺，偏了偏頭。將露子引來此處的蝸牛，正在渡渡鳥所閱讀的磚頭書上爬來爬去呢。

渡渡鳥用翅膀靈巧的抓住蝸牛，將牠放在小五斗櫃的水晶球上。

「嗯——蝸牛……難道說……不不……」

渡渡鳥面色凝重的喃喃自語，望著在水晶球上晃動觸角的蝸牛。

不久，他用小小的翅膀搧搧臉，冷不防瞪向露子。

「妳真的、真的是人類嗎？該不會只是虛張聲勢，其實妳是鳥吧？最近有很多冒牌貨，真受不了。」

露子聽到「冒牌貨」三個字有點生氣，不禁板起臉來。

「我是人類。我才沒見過什麼冒牌貨人類呢。」

渡渡鳥聞言吁了一口氣，盤起雙翼。

「不是被書的氣味引來，而是被蝸牛帶來……如果是真的，這到底是……」

「呃，請問這裡是哪裡？」

露子再也按捺不住，便大聲發問。

奇妙的兩人組面面相覷，接著渡渡鳥清清嗓子，說道：

「妳沒看到外面那扇門嗎？這裡是我——古書先生的店，『下雨的書店』。看不出來嗎？這裡是古書店啊。」

露子頓時張口結舌。這裡是古書店？沒錯，小小的木門上的確刻著「下雨的書店」的美術字，牆邊的書櫃也確實塞了很多書。可是，說這裡的書是「古書」，書櫃上的書看起來卻很新，充滿了朝氣——更重要的是，露子從來沒見過、沒聽過地板鋪草皮，天花板會下雨的古書店（而且老闆還是隻渡渡鳥！）。

眼眸發出深邃光芒的女子，對著露子彎下腰。

「我是助手舞舞子。總而言之，我們店裡真的好久沒有客人上門了——我是說人類客人。來來，過來這邊。剛好妳穿著雨衣，戴上雨帽吧，不然頭髮會淋溼。除非妳喜歡淋溼，那就無所謂了。」

舞舞子這一身奇妙的衣裳，與其說露子看傻了眼，不如說她看得入迷、看得如痴如醉。美麗的鬈髮，飄浮在四周的泡泡，彷彿由苔蘚跟蜘蛛絲做成的洋裝。舞舞子優雅的引領露子來到店中央。

溫柔而清澈的雨水，靜靜的下在露子頭上。清涼的雨珠輕輕拂過，想不到挺舒服的，反正肩上的兩束頭髮已經溼了，因此露子決定不戴雨帽。

剎那間，露子覺得有好多好多親切的嘻笑聲，從不知名的地方（或者該說是各種地方）傳來。店裡的書跟各種雜物——大小不一的精裝本，坐在櫃子各處的人偶，天體模型、鯨魚跟等比例縮小的模型龍，如捉迷藏般擺放在各處的原石，圓盤狀的銀河地圖，連色調柔和的白牆跟翠綠的地板，都傳來清亮的呢喃。

古書先生挪了挪大屁股，重新端坐在椅子上。

「來，坐這兒。」

舞舞子說完，覆滿草皮的地板立刻長出了香菇。那是一朵看起來很好坐的乳白色香菇。露子看得目瞪口呆，依言坐在香菇上。香菇柔軟蓬鬆，好像坐墊似的。

「好了，雖然我不知道妳到底是怎麼來的——」

露子抬起頭來。

「既然妳來到『下雨的書店』，要不要看看書呢？妳喜歡什麼書？」

舞舞子揚起山葡萄色的嘴唇，對露子一笑。

舞舞子說完，身後隨即飛出兩條影子。露子不禁從香菇椅上站起來。

是兩個精靈！

一個穿著藍色小丑裝，另一個則是紫色小丑裝，肩上還圍著羊皮紙披風。她們靠著飄揚的披風浮在空中。兩人都是鵝蛋臉，除了服裝顏色不同之外，簡直是同一個模子刻出來的。

「書芊！」

「書蓓！」

兩人在空中雙腳併攏，發出可愛的聲音。

「這兩個孩子會幫妳找出最適合的書喔。說吧，妳想看什麼書？」

露子聽完舞舞子的解釋，還是張著嘴巴說不出話。

「那是……真的嗎？」

想了老半天，她只能擠出這句話。

舞舞子溫柔的笑著點頭。

「沒錯，是真的喲。這兩個孩子是我的精靈，畢竟我是精靈使者嘛。這位是書芊，這位是書蓓。她們專門負責找出客人想要的書。」

兩名精靈比出遵命的手勢，深深一鞠躬。藍色衣服的是書芊，紫色衣服的是書蓓；兩人睜著一雙藍寶石色的水汪汪大眼，一副摩拳擦掌、蓄勢待發的樣子。

露子很快就喜歡上這對有禮貌的精靈拍檔。可是……露子恐怕得讓兩位精靈失望了。露子垂下頭，抬眼看著舞舞子。

「呃……謝謝你們的好意，可是，我現在不想看書……」

舞舞子與兩名精靈聽了，頓時呆若木雞。

砰！店裡響起一陣巨響。

「受不了，太不像話了！」

露子嚇得抬起頭來，只見古書先生一雙滿月眼瞪得老大，翅膀握成拳頭，擱在磚頭書上。古書先生抬抬黃色眼鏡，萬分感嘆的哼了一聲。

「居然說不想看書！這年頭的年輕人就是這麼不成材！聽好了，

以前啊，大家可是從早讀到晚！無論是感冒、火山爆發，還是隕石墜落——」

舞舞子拍拍手，打斷古書先生的話頭。

「別胡言亂語了。不想看書也沒辦法，被人硬逼著看書，還有什麼意思呢……況且，現在這裡也沒什麼好看的書。」

舞舞子垂下頭，髮絲與泡泡也隨之飄晃。就連兩名精靈頭上的三叉帽尖，也沮喪的垂下來。

古書先生揉揉眼鏡上方的眼頭，有氣無力的擠出聲音。

「真是的……一點也沒錯。如此棘手的問題，可說是前所未見。所以，也難怪妳不想看書。」

店裡的氣氛頓時變得好沉重。露子不知所措，一會兒偷瞄古書先生，一會兒望向舞舞子。

至於蝸牛，則在五斗櫃的水晶球上舞動觸角。

三　古書先生的煩惱

古書先生將翅膀擱在桌上的磚頭書上，板著臉敲打書頁。瞧他愁眉苦臉的，彷彿月亮就要從天上掉下來，而他只能鬱悶的等死似的（畢竟眼鏡把眼睛變大了，所以表情看起來也誇張不少）。

唉——一聲哀嘆，從巨大的鳥喙流瀉出來。

「既然妳是真正的人類，我想跟妳商量一件事……不，我非跟妳商量不可。」

黃色眼鏡後面那雙滿月般的眼睛，炯炯有神的注視著露子。露子不知道該怎麼辦，只好猶豫的點點頭。

古書先生等露子入座後，才清清嗓子，嚴肅的娓娓道來。

「首先，我想請妳了解這間店的書。妳拿起一本書看看。」

露子站起來想拿書，書芊和書蓓見狀，趕緊為她搬來一本書。

「謝、謝謝妳們。」

露子戰戰兢兢的收下書，兩個精靈朝她一鞠躬，動作一模一樣。

「妳仔細瞧瞧那本書。」古書先生說。

書的封面細緻的融合了水藍色與銀色，色調十分神奇。書名叫作《水母公主》。書摸起來涼涼的，是塑膠嗎？如果不是的話，感覺就像──對了，就像平滑的石頭。彷彿有雨水從書本滲到手心似的。

露子輕輕打開那本書──說時遲那時快，幾條影子從潤澤的白銀色書頁中猛然飛出，嚇得露子往後一退。

「啊！」

從書裡飛出來的，原來是四、五隻嗡嗡作響的飛蟲。露子大揮雙手，想把圍著自己打轉的蟲子趕走。古書先生不以為意，繼續往下說。

「那些蟲是『獵書嗡嗡』，就是俗稱的『書蟲』。牠們跟各種愛書人相同，專門攝取故事與文字的營養維生。只是……這間店的『獵書嗡嗡』，數量愈來愈少了。天下還有比這更可悲的事嗎？以前我們

『下雨的書店』，可是滿滿的『獵書嗡嗡』呢！說起以前啊，好多真正的愛書人和故事愛好者，都循著『下雨的書』的氣味而來，不惜大排長龍……哪像現在，來了一個不看書的朽木。」

古書先生瞄了露子一眼，接著用翅膀扶額。

「可是！這家店的書，變得愈來愈無聊了！愈是新進的書，愈是無聊——簡直就像乾巴巴的麵包！一點味道都沒有，吃了只會口渴！妳懂嗎？」

古書先生大聲嚷嚷，激動得豎起羽毛，鳥喙咔咔作響。

「古書先生，請冷靜一點。你這麼激動，小朋友會害怕啦，呃……」

舞舞子安撫渡渡鳥，一邊望向露子。露子發現還沒自我介紹，趕緊報出名號。

「我叫作露子。」

舞舞子的黃昏色眼眸頓時為之一亮。

「好可愛的名字喲！沒錯，古書先生，露子會害怕啦。」

古書先生將快要滑下去的眼鏡往上推，「哼」了一聲。

露子見古書先生一個勁兒的發飆，其實也有點不服氣。她想，一定要讓這隻氣呼呼的渡渡鳥知道，自己也是會讀書的（只是現在不讀罷了）。因此，露子掃視古書先生桌上的雜物一圈，指著一樣東西說道：

「那是菊石吧？以前我在表哥的書上看過。」

那是一座有著美麗螺旋的鐵灰色螺類化石。

古書先生用它來充當紙鎮，沉重的壓在一疊信封上。

然而，露子這番話令古書先生更生氣了。

「天啊，這年頭的年輕人是怎麼了！學校沒有教古生物學嗎？這是『指菊石』的化石。菊石目的軟體動物！我還以為幼兒園就教過了呢。」

露子臭著臉聳聳肩。就算不知道，也沒必要這麼嗆吧……

舞舞子托著腮幫子，嘆了口氣。

「喜歡古物是很好，但還是來談正事吧——露子，這裡的書跟其他東西有點不一樣，妳知道嗎？」

「嗯。」

露子點點頭。

「這裡的書呀，是由人類遺忘的故事跟雨水做成的。——簡單說來，就是有人中途丟掉自己所寫的故事，然後就忘了；或是有人說了故事，卻沒有留下文字紀錄，導致日後遭到遺忘。這麼一來，那些故事就無法得到『劇終』兩字——無論是用寫的，或是用說的。然後，它們就會迷路。我們專門收集那些故事，再利用雨水完成一部作品。」

「用雨水？怎麼做？」

露子雙眼圓睜，舞舞子見狀，便用手掌接住天花板降下的雨水。

「妳知道人類身體的成分，絕大多數都是水嗎？不只是身體，心也是。因此，當人非常難過、開心的時候，就會流眼淚。

不只是人類，世界上的萬物——無論是生物、花草樹木、石頭或是風，萬物的心或記憶，都很容易與水相連。現在所降下的雨滴，也蘊含了萬物的記憶。露子，假設妳跌倒而哭了，妳的眼淚會一點一滴融化在空氣中，然後升上天空變成雲朵，再變成雨降下來——說不定現在落在我手中的雨水，就是很久以前露子跌倒時掉下的淚水呢。也或許，是看見妳跌倒的貓咪，打呵欠時所流下的眼淚喲。當然，也有可能是打在貓咪頭上的水滴，而水滴是來自於公園櫻花樹的樹葉。

某人踩著水坑濺起的水花、玫瑰花蕾的露水、大象鼻子噴出來的水，或是無法為任何人解渴的乾涸泥水……這些全都會變成雨水喔。歷經漫長的歲月，每一滴都將成為雨水。

雨水，滿載著這星球的故事。什麼故事都有喲——將吸附了悲傷的雨水灑在書上，能做成悲傷的故事；將吸附了喜悅的雨水灑在書上，能做成快樂的故事。不僅如此，也能做成字字珠璣、天馬行空的好看故事喔。

那些迷失的故事，就這樣汲取各種雨水，變成一本本的書。」

舞舞子注視著露子，而露子只能張口結舌，什麼話都說不出。古書先生板起臉來，說道：

「問題就在於迷失的故事——就在於『故事種子』啦！這陣子不管進了幾批種子，都沒辦法養成好書！都是些乏善可陳、平淡無奇的種子！不僅如此，最近連雨的狀況都愈來愈差……」

古書先生雙翼抱頭，看起來實在太苦惱，連露子都覺得怪可憐的。

「原因是什麼呢？該怎麼做，才能——呃，得到好的種子？」

露子一問，古書先生、舞舞子及兩名精靈紛紛將焦點集中在她身上。

「重點就是妳！我們需要一個真正的活人，才能解決這個問題。請妳一定要幫我們！」古書先生忽然死命瞪著露子，而露子只能愣愣的眨眨眼。

「我們需要一人份的『夢之力』。」古書先生說道。

四　如何製造「下雨的書」

古書先生叼著玻璃菸斗，慢慢站起來。

「首先，必須先讓妳清楚了解，這裡的書到底是怎麼做成的。」

「在書店抽菸，這樣好嗎？」

露子脫口一問，古書先生隨即斜睨了她一眼，吐出清澈的煙圈。

「多謝妳的雞婆！這是水燃式香菸，完全不需要火，只需要類似雨水的水而已。好啦，舞舞子，帶這孩子瞧瞧製書室吧。」

「好的。」

舞舞子說完，便俐落的打開房間盡頭那扇長著青苔的木門。直到現在，露子才發現那兒有一扇門。它比露子進來的那扇門大多了。

「跟我來。」

古書先生扭著大屁股邁出步子。露子抱著裝了布丁與果凍的購物袋，從香菇椅站起來。她腦中忽然浮現一個疑問：古書先生是怎麼鑽進外面那扇門的？連露子都得彎腰才能進門，古書先生的大屁股鐵定卡在門上動不了。露子強忍笑意，跟著古書先生進入盡頭那扇門。

舞舞子隨後跟上，兩名精靈也牽著手殿後。

門的另一側是一條狹窄的通道，勉強能容納古書先生的大屁股，因此露子根本看不見前方的狀況。這裡的天花板也下著雨，牆壁滿覆著青苔，好幾隻蟲子發出一閃一閃的光芒，好似螢火蟲。通道的照明，全仰賴這些蟲子所發出的光芒。

好像在森林裡喔……露子心想。輕輕打在頭上的雨滴、青苔的香甜氣息，以及朦朧的蟲之光。走著走著，露子覺得自己彷彿森林的一分子，心裡好踏實。

「喏，就是這裡，進來吧。」

古書先生回過頭，打開通道盡頭的門。

露子進門一瞧，不禁嘆為觀止。

「哇塞……！」

這是一座明亮的大廳……一個大得驚人的圓形房間，藍寶石色的天花板，同樣下著清澈的雨水。地板不是地板，而是澄澈如鏡的湖水。湖面上遍布著狀似睡蓮的花朵，花瓣有如極光色的玻璃紙，掛著一顆顆雨珠。

露子一行人所站立的地方，是圍繞著湖水的玻璃地板。依據角度不同，還能從透明玻璃地板看出七彩變化，好像站在空中似的。

「這裡就是我們『下雨的書店』的製書室。迷失的故事在這兒淋著雨，變成書本。」

古書先生吞雲吐霧，得意的挺起胸膛。

露子對這房間的一切感到著迷，看得如痴如醉。既寬敞、又明亮……雨水滲進頭髮的清涼感，以及打在淡綠色雨衣上的啪啦啪啦聲，都令露子覺得心曠神怡。

「舞舞子。」

古書先生一喊，舞舞子隨即點頭，拍了拍手。

「書芊、書蓓！」

兩名精靈靠著羊皮紙披風飛呀飛，到湖裡摘起一朵花，送到露子跟前。

露子小心翼翼的接下花兒。花的形狀跟睡蓮一模一樣，質感細緻無比，彷彿切割下來的極光，或是打磨得輕薄如紙的寶石。看起來，宛如有個非人之物，輕輕捧著某個物品。盛開的花瓣中好像有什麼東西，是水母嗎？還是果凍……不，是大水滴吧。裡頭似乎攙了一些灰，顏色混濁，實在說不上美麗。

「花中間的那東西，就是故事種子。它的顏色本來應該更美才對……可是妳看，顏色汙濁，味道也不好聞。當然，有些種子本來就很無聊，可是，一旦跟雨水進行呼應作用，就能變得有趣多了。畢竟雨水匯集了這星球的故事嘛。不過，這陣子的種子就算看起來不錯，也養不出什麼好東西，簡直就像生病似的。」

古書先生邊嘆氣邊吐出煙圈。露子不大懂什麼是「呼應作用」，總之她再度仔細盯著睡蓮，然後仰望古書先生一行人。

「這東西，是怎麼變成書的？」

舞舞子聞言，立刻吩咐精靈再送來一朵花。這回，花中央的果凍雖然還軟綿綿的，卻有了書的雛形。

露子摘起花中央那軟綿綿的書，打開來一瞧。

……然後，柱子就毀了，然後，呃……城堡塌陷，所以……所以……呃……

「這是什麼呀？」

露子試著閱讀書頁上的扭曲文字，皺起臉來。古書先生與舞舞子不約而同的搖搖頭。

「就是這樣呀！最近都是這種東西，老是做出一些半殘的書。這種玩意兒，哪稱得上是書啊。」

露子一邊閱讀，雨珠一邊落在書頁上，綻放出銀色光輝，寫下一個個發光文字。

所以，這故事……唉，真無聊……

「到底為什麼會變成這樣？」

露子看著書，愈看愈感到擔心。痛苦掙扎的書，看起來就像在狹窄的玻璃管中扭動的牽牛花藤，或是被切掉半邊魚鰭的魚，明明想筆直往前游，卻只能原地打轉。

古書先生拿掉菸斗，指向蓮花湖的一角。那是一條將水輸送進來的水道，全新的花蕾，從玻璃通道的下方轉呀轉的漂過來。究竟是從哪兒流進來的？

「這些故事種子——迷失的故事，是從某個不為人知的地方漂過來的。那地方叫作『丟丟森林』。我們『下雨的書店』就是從那兒批來故事種子，所有遭遺忘的夢想與故事，都會去那個地方。」

語畢，古書先生輕蔑的從鼻子噴出兩道短煙。

「我不知道是誰取了丟丟森林這種綽號，真是一點品味也沒有！應該叫作『佚失的未完故事之森』才對。」

舞舞子瞇起眼睛。古書先生略顯尷尬的用菸嘴搔搔額頭。只見舞舞子嫣然一笑，望向露子。

「這些花兒，非常喜歡製書室的雨水和光線喲！因此，它們才會受到吸引，載著故事種子聚集而來。」

露子偏了偏頭。

「所以……你們才會把花從那座森林騙來？」

古書先生驚訝的張大嘴巴。

「不要亂講話！我們只是從森林批來種子而已。」

緊接著，古書先生冷哼一聲，面色凝重的望向蓮花湖。

「那座丟丟森林……出事了。有某種力量使得故事變得枯燥、癲狂……而那究竟是什麼，連我與舞舞子也不知道。要去那座森林，必須找來一人份的『夢之力』。」

他嘆了口氣，那雙炯炯有神的眼眸透過黃色鏡片注視露子。

「因此，小朋友。我想請妳去丟丟森林，好好調查一番。」

一時之間，露子真不知道該說什麼才好。這種感覺，簡直就像到了國外，突然被要求當間諜一樣。

「可是……古書先生看起來是不像人類啦，那舞舞子姊姊呢？也不是人類嗎？」

「我是人類，但也是精靈使者。精靈使者必須將一半的自己分給精靈，所以不是完整的人類喔。」

露子噘起嘴，皺起眉頭。

「可是、可是……你們又不確定我是不是真的有『夢之力』。而且……」她慌了起來。

古書先生愈看愈不耐煩，於是將小小的翅膀用力一揮。

「給我聽好了！妳在看書的時候，不是會想像角色的長相和故事中的場景嗎？」

一點也沒錯。露子默默點頭。

「還有，走在路上的時候，妳會想著下個轉角會遇見誰，開信箱的時候，妳會好奇寫信來的人是誰，此外，妳也會想著：不知道今天的晚餐是什麼。思考這些事情，靠的就是『夢之力』，也可以說是想像力！每個人類都有這種力量！有的人夢之力很強，有的人夢之力很爛，但是每個人都有，沒有例外！」

「可……可是，為什麼非人類不可？」

露子縮起脖子，而古書先生則豎起肩膀的羽毛。

「答案很簡單。因為丟丟森林那些遺忘的夢想與故事，都是人類創造的。因此，只有人類才能進入森林。如同只有雛鳥能裝進蛋殼，只有死者能裝進墓穴，道理是一樣的。」

古書先生語氣堅定的說完後，用那雙大如滿月的眼眸注視露子。舞舞子和兩名精靈也懇切的望著露子。

「不過，當然——」

古書先生露出銳利的目光。

「也不能把這麼重要的任務，隨便交給一個來路不明的野小孩啦……」

「古書先生！」

舞舞子厲聲一喊。

「話不能這麼說。聽好了，露子是被蝸牛帶來的，我認為冥冥中自有安排。」

「……」

露子覺得古書先生和舞舞子的對話，聽起來變得好遙遠。為什麼會變成這樣呢？明明只是出來幫媽媽跑腿而已……露子腦中浮現在家等待布丁的媽媽與莎拉……如果吃不到最喜歡的布丁，莎拉一定會嚎啕大哭的。露子想像莎拉哭著大嚷「布丁沒有回來！」的嘴臉，彷彿歷歷在目。

（哼，活該……）

想到一半，露子忽然驚覺：原來如此，這就是「夢之力」呀！多虧了夢之力，我才能清晰的想像遠方的莎拉哭鬧的表情與聲音……

同時，露子也暗暗心頭一涼。古書先生說，有人的「夢之力」很強，也有人「夢之力」很爛，那麼，我到底是哪一種呢？不知不覺中，露子用力握緊提著購物袋的手。

「……好吧。」露子說：「我就去那個什麼丟丟森林，查查到底發生什麼事。但我不保證會成功喔。」

在場所有人表情頓時為之一亮。就連板著一張臉的古書先生也泛起一抹微笑。

「嗯、嗯，這樣啊！妳願意啊！舞舞子，我不相信理論能解釋一切，但確實打鐵要趁熱。這一次，我就相信妳這個精靈使者的直覺吧……好了，那就拜託妳嘍！這是十分重要的問題。」

古書先生的雙翼握住露子的手，用力上下揮動。至於兩名精靈，也在舞舞子身後牽手舞動。

露子在心中偷偷對咔沙作響的購物袋扮了個鬼臉。

五　鳥男孩

一行人跟著古書先生魚貫回到店裡。

露子一踏入鋪滿草皮的地板，不禁微微縮起身子。店裡的樣子好像跟剛才不一樣。露子說不出究竟是哪裡不同，只是……剛才不是有月亮模型，掛在天花板的地球儀旁邊嗎？書櫃的高處，不是有白金色頭髮的人偶嗎……

古書先生再度坐在擺著磚頭書與菊石——不，指菊石化石的桌子後方。

「好了，既然妳答應了我們的請求，就快去調查丟丟森林吧。」

露子緊抿著嘴點點頭。儘管心頭還是忐忑不安，露子決定將它拋到腦後。

「沒問題。從剛剛那間製書室走出去就到了吧？」

不料，古書先生原本渾圓的雙眼卻頓時眼角上揚。

「小朋友！妳千萬別忘了，這是非常重要的任務！在發問之前先動動腦！妳以為是幫媽媽跑腿嗎？剛剛不是說了？想去丟丟森林，必須運用人類的『夢之力』才行。」

舞舞子白了古書先生一眼。

「古書先生，你真是的！露子，妳別在意喔。古書先生只是有點神經兮兮而已啦——一開始不知道怎麼去丟丟森林是很正常的，就是因為不為人所知，遺忘的故事才會聚集在那裡呀。」

然後，舞舞子搭著露子的肩，溫柔的說道：

「露子，聽好嘍。剛才妳在製書室看到的那些花，確實是從丟丟森林流過來的。可是，它們不是從河的上游流到下游，跟一般情況不大相同。

丟丟森林，是一個無法清楚指出位置的地方，也無法畫成地圖。只有運用『夢之力』才能前往丟丟森林——因為，它哪裡都不在。

不過，妳也無需擔心。哪裡都不在，也代表無所不在。所以，當然也能摘取故事種子。如何前往丟丟森林，端看妳如何運用『夢之力』。」

「換句話說，取決於妳的想像力程度。懂嗎？」

露子皺起眉頭，仰望舞舞子與古書先生。

「不大懂。」

「這個嘛，打個比方……」

此時，露子進來的那扇門——店面的小門，從外面應聲開啟。露子嚇了一跳，舞舞子堆起笑容，古書先生則皺著臉，雙翼抱頭。一名跟露子差不多年紀的男孩大步走了進來。

「嗨，古書先生、舞舞子姊姊，今天生意也一樣爛嗎？」

這是個奇怪的男孩。他穿著藍色長袖上衣，下半身是褲子，打著赤腳。頭髮亂得像鳥窩，額頭有個白色星星圖案。

男孩看到露子，立刻睜大雙眼。

「喔？欸，那個小孩是人類嗎？」

跟你又不熟，講話真沒禮貌！露子很不高興，舞舞子則和藹一笑。

「是呀，星丸。她是露子。這位稀客，今天要為我們調查丟丟森林喲。露子，這位是星丸，是我們店裡的常客。」

這名叫作星丸的男孩（好怪的名字，露子心想）上下仔細打量露子，活像看到活生生的恐龍似的。

「哇塞，好猛喔。是人類喔？」

露子再也忍不下去，沒好氣的嗆了起來。

「大驚小怪，你不也是人類嗎？」

不料，男孩卻用袖子摀住嘴，噗嗤一笑。

「妳說我也是人類？天啊，太好笑了吧！」

「難道你不是人類——」話還沒說完，露子頓時倒抽一口氣。

只見男孩往後翻了個筋斗，轉眼間消失無蹤！……不，不對，剛才男孩所在的位置，有一隻拍著翅膀的琉璃色小鳥！

露子震驚得說不出話，而小鳥則喜孜孜的圍著露子飛。小鳥的額頭也跟男孩一樣有顆白色星星，這到底是怎麼回事呀？

「我是幸福的青鳥，滿載希望的幸運星——我比人類好太多了！」

小鳥的啼叫聲，好似人類的大笑。

砰！

一陣憤怒的巨響震懾了所有人。原來，是古書先生的拍桌聲。

「在書店請保持安靜！說到你這小鬼，明明就不看書，還三天兩頭往這裡跑，妨礙我們工作！舞舞子，妳快去做個招牌，在上頭寫明『不讀書者勿入』！」

他氣得鳥喙嘎嘰作響、目露凶光，一副差點就要摘下眼鏡的樣子。

「古書先生，請你不要這麼大聲。太激動可是對身體不好喲。」

小鳥在露子身旁變回一個男孩，但臉上一點歉意也沒有。不僅如此，他似乎很享受古書先生氣呼呼的模樣。

「露子，妳嚇了一跳吧？如妳所見，星丸可以變成人，但其實是一隻小鳥喔。」舞舞子開朗的介紹道。

露子還沒從驚嚇中恢復過來。人類變成小鳥？

「我這隻小鳥可是很特別的，千萬別把我當成隨處可見的普通小鳥喔。舞舞子姊姊，我應該趕上下午茶的時間了吧？」

舞舞子咯咯一笑。

「是呀，一分不差。不過，今天還得等一下喲。我們得先等露子去丟丟森林……」

男孩詫異的盯著露子瞧，然後噘起下唇。

「哼！那就趕快去啊。快點快點。」

這是什麼態度呀。露子傻眼得嘴巴合不起來。況且，現在連該怎麼去都不知道呢。

「好，露子，妳聽我說……」

舞舞子搭著露子的肩，正打算再解釋一次，有人卻突然拉起露子的手。

「欸，讓我帶她去吧。有我在，還需要擔心嗎？兩個人一起去，才能事半功倍啊。事情早點辦完，就能早點喝下午茶！」

仔細一看，男孩那雙套著長袖的手，緊緊抓住了露子的手腕。他臉上充滿了興奮（剛才的表情不知哪裡去了），彷彿要去遊樂園玩似的。

「來，走嘍！」

真是的，才一會兒工夫，男孩的態度就一百八十度大轉變。他簡直就像善變的小木偶，連露子都嚇了一跳。不過，更重要的是，舞舞子收起原本溫和的表情，換上一張嚴肅的臉。

「不行喔，星丸。你……」

「沒錯，拍著翅膀飛來飛去的小東西，千萬不能信！」

古書先生翻著書，臉色臭到極點。不料，這番話卻令男孩更加一意孤行。

「喏，走吧。要怎麼去？」

「等、等一下！你幹嘛啦！」

露子想將手抽回來，男孩卻逕自掃視整家店，然後指向古書先生桌上的玻璃火車（去製書室之前，它明明像個普通擺飾，現在卻冒出潔淨的煙霧）。

「對了，搭火車去吧！妳沒意見吧？」

「咦？」

「星丸，快住手！」

舞舞子高聲大叫，兩名精靈則拉住男孩的衣服，卻無法制止星丸繼續往下說。

「這火車能不能動啊？」

露子不自覺看了玻璃火車一眼，說時遲那時快——

六　露子的「夢之力」

露子已經不在「下雨的書店」了。

她驚訝的環顧四周，發覺自己竟坐在火車的透明玻璃座位上。

露子呆若木雞，只能不斷用力眨眼。到底發生了什麼事？古書先生、舞舞子與精靈都不在，而且裝著布丁和果凍的袋子，也忘在店裡了……

「喔，還不賴嘛。」

露子被聲音嚇了一跳，往旁邊一看。只見剛才那名男孩——星丸——正懶散的癱在座位上，望著窗外。

「這……這到底是怎麼回事？」

露子一問，星丸才心不在焉的答道：

「廢話，當然是妳想像出來的啊。」

「我……？」

露子的確想像了玻璃火車奔馳的模樣，不過只想了一下子而已。

「這輛火車，正開往丟丟森林嗎？」

星丸繼續望著風景，一副「這還用問嗎」的樣子。

露子越過星丸的肩膀，望向窗外（或者說是牆外）。窗外沒有像樣的風景，只有斑駁的七色彩虹（也像在水裡暈開的顏料），一陣陣流向後方。火車完全是透明的，露子和星丸也像是在色彩當中游泳。看來，火車確實在動。

由於整輛列車都是玻璃做成的，因此窗戶與牆壁並沒有差別。一般電車的座位是兩排長椅對望，但這兒是兩張雙人座互望，像個小包廂。不過，由於椅背也是玻璃，因此能一路看到最前面的座位。

露子對這一切感到萬分驚奇，目瞪口呆。

「要是妳肯多花點工夫就好了。喏，座位硬邦邦的，哪能坐得久啊。」

露子總覺得只有自己在狀況外，因此心情愈來愈差。話說回來，真是難以置信啊。想像居然能變成現實，這是真的嗎？

「喂，小心點！」星丸大喊。

兩人所乘坐的火車突然開始扭曲變形！露子嚇得彈了起來。玻璃火車變得像果凍似的晃來晃去，地板也劇烈搖晃變形，根本沒辦法好好站著。

「怎、怎麼回事？」

不久，車頂開始融化、掉落，活像一群群水母。滴答滴答，它們滴在兩人的肩膀與頭上。

轟——！

一股強風從剝落的車頂灌進來，砸到晃動的地板，激起一道龍捲風，將露子與星丸往上捲。要被捲走了！兩人拚命抓緊融掉一半的座位。

「妳是不是懷疑這輛火車！不行啦，要好好想像才行啊！不然我們會直接消失的！」

「你說得倒簡單……」

露子像是狂風中的鯉魚旗似的懸在空中，腦袋亂糟糟的。想像——想像——在這麼混亂的情況下，哪可能專心想事情呀！她想在腦中描繪火車的模樣，卻又遭其他思緒打斷。

不知不覺中，露子手中的東西變成了滑溜溜的芒草！她才剛回神，嘩啦！一波活像海嘯的鹽水又席捲兩人，將他們當成髒衣服般又揉又搓。水正要退，震動的地板又冒出幾萬隻毛茸茸的蜘蛛，好不熱鬧。露子嚇得撇開視線，卻見到空中有隻黑漆漆的大入道[3]，正吐舌俯視兩人。

「妳要想玻璃火車啊！玻璃火車！」

3　日本傳說中的妖怪，外型類似男巨人。

星丸尖聲大叫。

露子緊閉雙眼，拚命想像透明的座位、透明的窗戶跟天花板。座位滑溜溜的，外頭則是七彩洪流——

「對了，就是這樣，幹得好！火車是真實存在的！」

星丸的話語宛如咒語般生效了。

火車不再晃動，露子的手搭著座位，跪在地板上。剛才的混亂彷彿一場夢，玻璃火車完好如初，一切都恢復原樣。不，只有一點跟剛才不同。

叮鈴叮鈴叮鈴……一陣類似雪橇鈴鐺的聲響，伴隨火車的律動響起。好清脆悅耳的鈴聲。

「真是的，嚇死人了。」

星丸嘴上這麼說，臉上卻露出歷險歸來的笑容。他拉了露子一把，扶著她入座。

「不行啦，妳要好好想像才行啊。因為使用『夢之力』的時候，若是有一絲懷疑，就會發生大慘劇。」

露子不想被星丸發現自己驚魂未定，於是刻意抬頭挺胸，默默坐著。星丸不僅完全不害怕，反而樂在其中；露子愈看愈不順眼，甚至心情有點低落。

叮鈴叮鈴叮鈴……

兩人默默聽著火車的鈴聲。不久，露子忽然察覺一件事。

「不是只有人類能去丟丟森林嗎？」露子逼問道。

星丸得意洋洋的露出賊笑。

「對啊。可是我說過啦，我可是隻特別的小鳥呢。我從人類身上分到了『夢之力』，剛好跟舞舞子姊姊相反。舞舞子姊姊把自己分給精靈了。」

「這種事有可能嗎？你說的話，我一個字都聽不懂。」

「妳別管啦，好好想像就是了。」

露子實在看不慣星丸囂張的態度。這個男生到底是怎樣呀？明明是個小孩，講話卻很臭屁。莫名其妙冒出來，硬是把露子拉出店外……

（話說回來，既然他能去丟丟森林，幹嘛不乾脆派他去就好？古書先生真是的，為什麼非找我不可？）

接下來，兩人再也沒有交談，默默坐著火車。露子悶悶不樂的縮著身子，星丸則雀躍的甩動雙腳。

七　調查丟丟森林

火車停靠的地方沒有車站，也沒有任何東西。露子並沒有想像停車，火車卻突然停了下來。

流動的色彩變得愈來愈淡，火車也悄然融解，消失無蹤。因此，兩人無需尋找出口，就這麼自然而然下車了。

放眼望去，連個鐵軌也沒有。

兩人位在一座森林裡……不過，這座森林真是奇妙。

「這就是丟丟森林？」

「沒錯。」

四周一片漆黑，恍如黑夜。

樹木拔地參天，粗壯得有如巨人的腳。樹幹如玻璃般透出珍珠色，從內側發出透明的光芒。無數的樹木化身為巨大而靜謐的燈火，為黑暗帶來些許光明。彎曲的樹枝與乳白色的樹葉高高遮住頭頂，僅能窺見一丁點夜空；兩者相互交織，形成複雜的圖案。

這裡沒有下雨，然而，水淹沒了盤屈交錯的樹根，整片森林宛如巨型水坑。有些地方的水閃耀著藍光，有些地方的水是暗葡萄色，也有些地方的水沒有任何顏色，清澈透明。

「總覺得……」

露子想說些感想，卻欲言又止。因為，無論是哪種話語，在這兒都像鬼魂般虛無飄渺。她覺得自己好像闖入了極為美麗的繪畫世界。露子感到眼花撩亂，彷彿在畫中無止境的迷路……同時，她也覺得這幅景象似曾相識，儼然自己很久以前就知道這個地方……

「走，來調查嘍。」

星丸步履輕盈的往前走，活像要去遠足似的。啪嚓！啪嚓！四周迴盪著星丸赤腳的腳步聲，露子愈聽愈不安，趕緊縮著身子跟在他後面。因為，跟著星丸總比落單好。

仔細一瞧，滑溜溜的樹幹其實並不是持續發光，而是循著和緩的脈動反覆閃爍。浮現在水中的發光樹根，交錯成奇妙的棋盤狀。

森林太寬廣、太安靜，而且連一絲風都沒有。空氣彷彿在黑暗的籠罩下睡著了。不僅如此，也看不見任何生物，更別說是小蟲了。唯有在淺水中行走的露子與星丸，藉由腳步聲，在空氣中製造音浪。

說要調查，到底該從何查起？露子只知道這裡不是普通的森林，而是籠罩在黑暗與寂靜之中冰冷的樣子。不過即使如此，露子還是認為這個寂寥的地方似曾相識，好似很久以前住過這裡。

「欸，你要去哪裡？你認得路嗎？」

露子不自覺壓低聲音詢問星丸。只見星丸滿不在乎的說：

「鳥才不在意地上的道路長怎樣咧。在丟丟森林，想走哪裡就走哪裡，才是正確的作法。話說回來，也未免太安靜了吧。」

露子愈來愈害怕了。該不會再也離不開這裡了吧？該怎麼回去？玻璃火車都消失了。

此時，空氣中混入了奇妙的聲響。不是露子與星丸的腳步聲，是其他聲響。聽起來好像玻璃鈴鐺——此起彼落的鈴鐺聲，從遠方傳了過來。

「喔！是那裡啦。」

星丸說完跑了起來，而露子也匆匆跟上。穿著長靴實在不好跑，但星丸才不管這麼多，一個勁兒往前衝。

跑著跑著，聲響也愈來愈大，彷彿在呼喚露子與星丸。聲響愈來愈清晰、響亮，愈來愈細緻，愈來愈像音樂。

「我就是想看這個啊！」

星丸停下來指著地上，拍起手來。

地上傳來的樂聲，好似喧鬧的耳語——宛如剛出生的雛鳥想起了蛋殼裡的妙事，咯咯笑個不停。

露子喘吁吁的湊過去看。依偎著樹根浮上來的是——

「哇，好漂亮……」

一顆顆色彩鮮豔的小寶石浮在水面上震動，活像一群小魚。它們沐浴在樹光下，神祕、美麗又光彩奪目。它們就是在這兒，奏出扣人心弦的音樂。

露子俯視著這群演奏音樂的小東西，雙手摀著胸口。看著看著，她不禁屏住氣息。

水潤的藍色、酷酷的紫色、鮮豔的紅色、清涼的藍綠色……每種顏色都好漂亮，而且飄散著香甜的氣味。

「這是什麼？」

露子一問，星丸頓時瞪大眼睛，一副「問這什麼蠢問題」的樣子（星丸眼睛的顏色就像冬天的夜空）。

「還用說嗎？當然是故事種子啊。遺忘的故事──當中也混雜著遺忘的夢想。」

儘管星丸的態度令露子氣得牙癢癢，還是不能減損故事種子帶給她的美好感動。真不可思議，人類的思緒與想法竟然能化為這樣的形體與顏色。世人居然忘了如此美麗的事物……

「古書先生常常抱怨有些種子有瑕疵，可是不管是什麼樣的夢想或故事種子，我都喜歡。妳看嘛，有瑕疵又怎樣，它們還不是一樣充滿神祕感，樂在其中。」

星丸環視森林一圈，如此說道。

仔細一瞧，四處都有著類似的種子群。每個群體都各有千秋，同樣神奇又美麗。露子心想，星丸說的一點也沒錯。

「喏，妳拿拿看。」

星丸撈起一顆草莓果凍色的故事種子（還是得說，是遺忘的夢想？露子實在無法分辨），遞給露子。露子輕輕將手疊成碗狀接過來，彷彿將它當成活生生的金魚。

它的尺寸像顆小彈珠，質感像果凍，而且像水珠似的抖呀抖（但露子並不會將它誤認成水）。它比製書室的種子小得多，中央發出微光，讓掌心暖了起來……

「這東西在森林中流動，直到充分習慣水之後，就會在水中開花。然後，花會載著種子去古書先生的店。不過，幹嘛特地做成書啊！我還比較喜歡它們原本的樣子呢。」

星丸說話的時候，露子覺得手中的種子似乎變得愈來愈燙，不禁擔心起來。她仔細端詳種子，不料它忽然發出強光，放煙火似的沖上天去！

「啊！」

種子就這麼拉長尾巴，消失在黑暗的天空中。露子傻眼的望著天空發愣，一旁的星丸則哈哈大笑。

「剛剛那八成是遺忘的夢想。夢想種子與故事種子不同，根本沒辦法做成書。若是有人想作夢，或是夢想種子想讓某人作夢，就會像那樣自由翱翔，變成某個人的夢想。」

星丸老神在在的說完後，隨手撿起藍綠色種子，好似在撿糖果。他該不會真的吃下去吧？露子擔憂的看著他，不料他突然眉頭一皺。

「這是怎樣，怎麼被咬了！」

星丸說的沒錯，種子上有個小小的齒痕。

「該不會有松鼠吧？」

經露子一說，星丸的眉頭皺得更緊了。

「最好有松鼠啦。這裡是有別的生物，但應該不會這樣吃東西……」

此時，露子聽見了微弱的氣音。

（在這裡……）

露子嚇了一跳。這是人類的聲音。是誰？聽起來有點耳熟——

然而，露子一轉向聲音的來源，種子的音樂頓時亂了調。星丸猛的抬頭。

「那東西來了！哼，有本事來抓我啊！」

星丸不理會露子的驚慌，猛的拍手，縱身一躍。

「那、那是什麼？」

啪唰、啪唰！有個東西從林間踏水飛奔而來。牠黑漆漆的、鼻尖長長的、長著四隻腳……那是什麼動物？牠舞動巨大的身軀，朝這裡一路猛衝。

「喂──喂！看這邊，好吃的在這裡喔！」

星丸翻了個筋斗，大聲挑釁。野獸愈逼愈近了。

「喂，你在幹嘛？」

「安啦安啦。每次我一來這兒，那傢伙就會流著口水衝過來。畢竟我會飛，而牠只能到處亂衝嘛。」

瞧星丸一副臭屁樣，露子立刻給了個大白眼。

「我也不能飛啊。」

星丸聞言，頓時瞪大雙眼。

「啊，是喔。人類好麻煩喔。」

沒時間抬槓了！野獸小小的眼睛發出凶光，拔山倒樹而來。來不及了——！

露子反射性閉上眼睛，不料，身體卻突然浮了起來。她驚訝的睜開雙眼——

「啊！」

露子心臟漏了一拍，放聲大叫。飛起來了！露子遠離丟丟森林的地面，身體不斷往上飄。

「不要亂動啦，很重耶。」

露子抬頭望向聲音的來源，居然是星丸的臉部特寫。他在天空飛，卻維持著人類的外型；原來，星丸背後長了一雙大翅膀，而雙手則抱著露子。

「你不是小鳥嗎？」

「說過啦，我可是很特別的小鳥呢！」

星丸張口大笑。露子再也不感到驚訝與害怕，只覺得極度傻眼。到嘴的獵物就這麼飛了，鼻尖長長的野獸只好落寞的望著兩人（牠長得傻乎乎的，所以看不出悔恨的表情）。那隻野獸只有肚子周遭是白色的，好似圍了肚圍。

——此時，露子看見牠背後有個發出銀光的東西，但僅閃爍片刻，很快又消失無蹤。

那是什麼……？露子定睛一看，只見野獸低下頭——天啊，牠竟然在吃故事種子！

露子不禁尖叫。

「那、那傢伙在幹嘛？」

「沒辦法啊。」

星丸用力拍動翅膀，一邊說道。啪沙啪沙，樹枝擦過他們的身體。

「每種生物都必須吃合胃口的東西，不然無法活下去啊——畢竟牠是貘嘛。好啦，不說這個了，妳快點想像『下雨的書店』啦。妳真的好重喔。」

八　下午茶時間

露子悶悶不樂的回到「下雨的書店」。她被星丸抱著飛來飛去，還得拚命回想書店的外觀，連喘口氣的時間都沒有。

書芊跟書蓓雙雙飛來，分別拉住露子的左右手。

「露子，妳回來啦！星丸，這回你沒又遇上什麼危險吧？明明說過你不能去丟丟森林，真是的……」

舞舞子擔心的皺著眉頭，星丸卻一點反省的樣子也沒有。不僅如此，他還滿足的咧嘴一笑，抹抹人中。

「哎喲，幹嘛那麼擔心啊。我只是稍微捉弄了那隻貘而已啦！無論遇到什麼事，都難不倒我！」

「是啊，既然你那麼厲害，乾脆飛到牠嘴裡看看啊！」

「古書先生，別胡說了！星丸，不怕一萬只怕萬一，誰也不能保證你每次都能化險為夷呀。你聽好，常言道，君子不立於危牆之下——」

舞舞子才說到一半，便發現露子臭著臉注視他們倆。明明露子也遇到了危險，怎麼大家只關心星丸？

舞舞子似乎看出露子的心思，於是掩起嘴來，輕輕噗嗤一笑。

「露子，妳誤會了，別臭著一張臉嘛。真對不起，忘記告訴妳貘的事情了。貘並不會攻擊人類，可是，牠會大口大口把夢吃掉……星丸呢，就是人類的夢想。」

「咦？」露子挑起單邊眉毛。

舞舞子笑著說道：

「因為人類對星丸夢寐以求，他才會擁有形體。因此，看得見的人就看得見、摸得著，而對看不見的人來說，星丸就等於不存在──說起來，就跟鬼魂一樣。」

原來如此，難怪他整天把「我可是特別的小鳥呢」掛在嘴上。

「所以嘍，在丟丟森林的貘眼中，星丸就像一頓大餐。明明千交代萬交代，要他千萬別靠近，偏偏就是不聽勸……」

舞舞子擔心得要死，星丸卻頑皮的吐吐舌頭。

「對不起喔，露子，害妳受苦了。」

舞舞子似乎真的很內疚。露子重整心情，堆起笑臉（如果她不先笑，舞舞子就笑不出來了）。

「可是，我覺得滿好玩的啊。我可是第一次在天上飛呢。古書先生，難得長了翅膀，要是你也能飛就好了。」

古書先生一聽，頓時勃然大怒，在桌上激動的揮舞小小的翅膀。

「在天上飛能讀書嗎？說什麼蠢話！我們渡渡鳥進化的目的只有一個，那就是靜下來好好讀書！」

砰！

「別再說了，趕快喝下午茶啦。」

星丸才剛說完，古書先生便再度拍桌，眼鏡差點滑到鳥喙上。

「請你們先報告丟丟森林的調查結果！想聊廢話，先做完正事再說。」

舞舞子無奈的嘆口氣。

「古書先生，話是沒錯……但是跳過下午茶時間，實在太不成體統了。我們不如一邊喝茶，一邊聽露子報告吧。露子，妳說好不好？」

露子沒理由反對，便點頭同意。

只見舞舞子開始俐落的準備下午茶，簡直就像變魔術似的。書櫃環伺的店中央長出一朵白色香菇，它轉眼間愈長愈大，拿來當桌子恰到好處。

舞舞子拿出一塊布（顏色深得發亮，彷彿由黃昏與星空編織而成），輕輕攤開——四人份的茶杯與盛著點心的盤子、籃子，就這麼井然有序的出現了！

舞舞子高舉著手，朝著桌上的天花板一揮！空中彷彿出現了半圓形防護罩，隔絕了雨水（也對啦，下雨要怎麼喝下午茶？）。緊接著，又冒出了幾朵充當椅子的香菇，這下終於能喝下午茶了。

「來，坐吧。為了歡迎露子到來，今天我可是花了一番工夫做甜點呢！」

杯子裡的茶水好似月光下的夜海，濃郁又不失清澈，熠熠發亮。蜂蜜色的纖維，在杯裡捲動漩渦。水蒸氣亮晶晶的，彷彿撒了亮粉。

「好了好了，該報告了吧。丟丟森林出了什麼事？」

古書先生從桌上探出身子，逼近露子。露子先喝下一口甘甜又飄著刺激魔法氣味的茶水，然後環視眾人。古書先生與舞舞子睜大眼睛注視露子，而坐在桌子角落的書芊與書蓓也一臉緊張的握住彼此的手。

「我最先看到的是……」

露子邊說邊搓揉手指，以壓抑緊張的情緒。

「故事種子有被啃咬的痕跡。」

「妳說什麼！」

古書先生彈了起來，打翻了杯子。溢出來的茶水滑過桌巾，一點一滴滲入草坪。

「那不像是貘幹的好事。因為牠們都是一口氣吞下去。」

星丸吃著混雜星光顆粒的巧克力餅乾，一邊說道。

「到底是誰幹的好事！不像話，真是太不像話了！一定要抓起來嚴辦，不能讓他再度犯案！」

「好了好了，你冷靜點。先聽露子說完，再來討論吧。露子，請繼續。」

舞舞子邊說邊為古書先生倒茶。露子點點頭。

「看到被啃咬的故事種子後，貘馬上就出現了……當時我看到貘的背上有東西，可是只看到一眼，沒辦法看清楚……就這樣。」

至於當時隱約聽到的聲音，露子就是沒勇氣說出口，於是決定隱瞞。畢竟星丸不知道那件事，而且說不定只是錯覺罷了。

露子一說完，除了星丸，在場所有人都停下動作，不碰茶水與點心。

「古書先生，你認為呢？」

古書先生面色凝重，彷彿在解全世界最長的運算式。

「嗯……妳說故事種子被咬了，對吧？嗯，原來如此……簡單說來，被咬的故事種子，就這樣變成了糟糕的書。然後，貘背上的東西，八成跟這件事有關。不過，他到底是誰？」

古書先生再也不瞧茶水一眼，掩著鳥喙陷入沉思。

「我問你們喔，人類必須藉由『夢之力』，才能去丟丟森林，對吧？然後，因為星丸就是人類的夢想，所以才去得了。那麼，那隻貘也是嗎？」

「是的，沒錯。因為人類的『夢之力』設定『貘是食夢動物』，因此貘才會棲息在丟丟森林。不過，這麼一來，我們就知道為什麼故事種子有瑕疵了。剩下的問題就是：誰是凶手……？」

舞舞子托著腮幫子嫣然一笑，望向露子。

「露子，真的很謝謝妳。多虧有妳，我們才找到解決問題的線索。來，妳餓了吧？別客氣，多吃點。」

露子聞言，頓時有點良心不安。她接下古書先生的任務，並不是為了書店，也不是為了故事……

露子覺得心裡愈來愈空虛。莎拉是不是哭了？她會不會哭過頭，引發癲癇？不會吧，怎麼可能，只不過是一個布丁……可是，說不定……

不過，一吃下舞舞子的點心，露子心裡就覺得甜蜜蜜、暖呼呼的。甜點實在太好吃，什麼煩惱都在嘴巴裡化開了。

桌上擺滿各種新奇的甜點——由杏仁膏捏成的小人偶、入口即化的白巧克力蛋糕、清透如寶石的水果糖漿、輕得從籃子浮起來的糖果、如星空般閃閃發亮的巧克力餅乾、如月亮般金光閃閃的蛋塔。

當中最棒的，莫過於上了糖霜的精美迷你蛋糕。蛋糕上裝飾著各種拉糖藝品，如蝴蝶、金魚、薊花等等。

星丸就不用說了，書芊與書蓓也幸福的吃著舞舞子分給她們的小塊點心。舞舞子一邊吃，一邊對露子解釋書芊與書蓓最喜歡的「書籤撲克牌」與「遮眼猜書背」遊戲玩法。

每個人都盡情享受美妙的下午茶時光……只有古書先生，愁眉苦臉的望著別的方向。

露子拿起第二個蛋糕。蛋糕上有一隻用紅糖做成的蝸牛……對了，古書先生的水晶球上面那隻蝸牛跑到哪裡去了？露子頓時心生不安。

「舞舞子姊姊，蝸牛不見了。」露子悄聲說道。

舞舞子一聽，便一邊倒茶，一邊掃視店內。她眨了眨眼，接著一雙黃昏色眼眸泛起淘氣的神采，揚起嘴角。

「真的耶……難道牠又多了什麼新任務？」

從舞舞子的語氣聽來，那隻蝸牛似乎來頭不小。

就在此時，露子發現另一個東西也不見了。那就是裝著布丁和果凍的購物袋。

「……」

購物袋跑哪去了？莫非是舞舞子把它收起來了？還是說……

——露子不再多想，硬是將視線轉回甜點上頭。

（管他的，不見又怎樣。不過就是莎拉的布丁，不見了也沒差……）

堆得跟山一樣高的甜點，轉眼間被掃得只剩下一點點。就在這個時候，入口的門居然打開了——

九　七寶屋老闆來訪

「哎呀，雨下得真好啊。」

露子看到來訪者，嚇得不小心把拉糖蝸牛吞下去。

來者是一隻青蛙——一隻身高大概到露子的肩膀，靠著雙腳站立的青蛙。他穿著充滿夏季氣息的直條紋和服，以及時髦的深藍色短外褂。

「七寶屋老闆，歡迎光臨。」

舞舞子站起身來，鬈髮四周的珍珠顆粒也隨之晃動。

「喔？茶點還有沒有我的份？」青蛙朝桌子探過去。

舞舞子笑吟吟的點點頭。

「有呀，剛好剩下一人份。」

既然舞舞子都開口了，青蛙便恭敬不如從命，喜孜孜入座（咻！一個新的杯子，瞬間出現在青蛙面前）。

「真是挑對時間了。舞舞子的茶點總是令我聞香下馬，如果抗拒這股誘惑，活著還有什麼樂趣呢？」

九　七寶屋老闆來訪

「哎呀——你真是太客氣了。」

露子目不轉睛的盯著這名奇妙的新客人，而星丸則一副事不關己的樣子，津津有味的舔著手指上的奶油。

「星丸，你最近好不好呀？喔？這位小朋友是你的朋友嗎？」

兩人在青蛙的注視下面面相覷，而青蛙也逕自喝茶，完全沒有等待兩人回話的意思。

「古書先生，古書先生！七寶屋老闆來了！真是的，每次都這樣，想事情想得忘記今夕是何夕。」

舞舞子推了古書先生的背一下，他頓時驚醒，抬起大大的鳥喙。緊接著，他終於發現店裡多了一個客人。

「喔——這不是七寶屋老闆嗎！真是不好意思，讓你看笑話了。」

青蛙慢慢瞇起金色的眼睛，一口吞下最後一顆蛋塔。

「最近生意好嗎？古書先生。」

古書先生抬了抬黃色眼鏡。

「唉，這你就別提了……不過，再過不久，我們『下雨的書店』就會恢復從前的盛況了！請看，這是人類的小孩！」

古書先生小小的翅膀犀利的指向露子。露子頓時目瞪口呆。

青蛙那雙看不出情緒的眼睛，發出銳利的光芒。

「人類？這孩子不是鳥嗎？你到底是從哪裡抓來的！」

真是沒禮貌！露子正想開口抗議，不料古書先生猛的攤開翅膀，制止了她。

「這是命運的安排！她是來拯救我們『下雨的書店』的！遠古時代的星宿早已命定，世界上第一個單細胞生物早就預知一切……」

古書先生從香菇椅起身，一邊舞動翅膀，一邊發表演講。他扭著大屁股，戲劇化的圍著桌子踱步。

（話都是你在講耶。明明一開始還說我是來路不明的野小孩呢。）

露子聽得好刺耳，白了古書先生一眼。

「嗯嗯，總而言之，就是有人住在丟丟森林，到處亂啃故事種子……對吧？」

青蛙神態沉穩，感慨的盤起胳膊。

「問題在於凶手到底是誰，又是為了什麼做這種事……呃，話說回來，被他咬壞的種子，數量可真多呢。」

「沒錯。不過，凶手未必只有一個，說不定有很多個！」

「那麼，又該怎麼阻止他繼續破壞種子呢？或者是說，該怎麼把他抓起來，嚴加懲戒？」

古書先生一聽，隨即用他的粗腿使勁往地板一蹬（不過地板是草皮，所以沒發出什麼聲響）。

「一定要繩之以法！對他施加法律制裁，讓他再也不敢犯案！」

露子覺得不祥的預感愈來愈強烈。看來光是調查還不夠，那麼接下來，他們恐怕要拜託露子去……

青蛙那張綠臉堆起笑容（他是不是沒有其他表情了？），揮揮細長的手，安撫古書先生。

「總之呢，這下就知道該怎麼解決問題啦。對了，今天我來呢，是為了找一本書……」

只見書芊和書蓓立刻彈起來，一副「就等你這句話」的樣子。她們飛到青蛙面前，立正站好。

「書芊！」

「書蓓！」

無論看幾次，兩個精靈的默契依舊令人讚嘆。青蛙滿意的點點頭，對精靈說道：

「好，那就偵探小說好了。最好是案情千奇百怪，令主角想破頭的那種。」

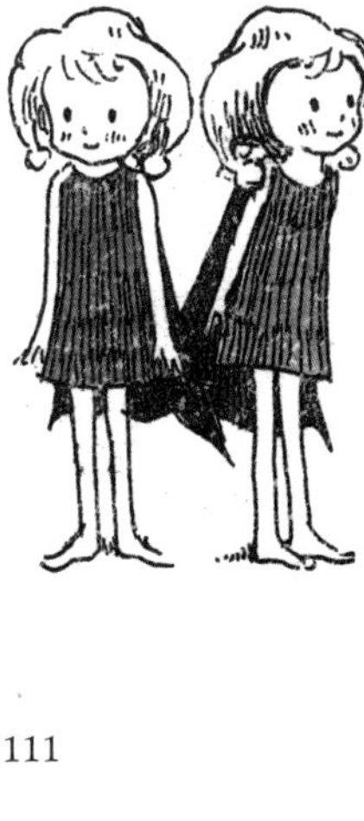

兩個精靈比出遵命的手勢，深深一鞠躬，緊接著用羊皮紙披風飛向書櫃。

「喂。」

星丸對露子咬耳朵。

「七寶屋老闆每星期會來這裡兩次。可是，他不是為了看書，而是為了回家後偷偷吃掉『獵書嗡嗡』。」

不會吧！露子起初不相信，但看了七寶屋老闆收下書的眼神後，她改變了想法。那副嘴臉，活像隻盯著蒼蠅舔嘴的青蛙！

「那我就用這個付帳──」

七寶屋老闆從短外褂的暗袋取出束口袋，遞給舞舞子某種種子。它的大小跟杏仁果差不多，噴撒著發光粉末，彷彿剛從砂金裡挖出來似的。

「哎呀，是沙漠桃的種子！太棒了，我馬上種到盆栽裡。」

舞舞子的黃昏色眼眸為之一亮，小心翼翼的將種子握在掌心。

「這個嘛，我是生意人，專門收集各種有用的東西或是沒用的東西——簡單說，就是稀奇古怪的東西。我會拿適當的物品交換『下雨的書』，就是以物易物啦。」

七寶屋老闆向一臉狐疑的露子解釋……不過，被一張沒有情緒的青蛙笑臉盯著瞧，這下子露子的表情更古怪了。

「哎呀。」

他那張綠油油的臉頓時變得一本正經。

「小朋友，妳想買東西對吧？」

「咦？」

露子嚇了一跳，不禁往後一退。七寶屋老闆那雙神祕的眼眸死命盯著露子，一副想把她吞下肚的樣子。老實說，打從出娘胎以來，露子第一次覺得青蛙詭異。

「嗯，喔？我懂了。是雨衣！」

七寶屋老闆忽然雙手一拍（那「噠！」的聲響怪微弱的）。露子一頭霧水，趕緊用眼神向舞舞子求救，不料舞舞子卻指著山葡萄色的嘴唇，調皮的說道：

「露子，妳不妨就交給他去做吧。七寶屋老闆能看出客人缺少什麼，販賣客人最需要的東西喔。」

「可是，我已經有雨──」

話還沒說完，露子頓時目瞪口呆。淺綠色雨衣的左肩頭，竟然有個小小的裂縫。一定是被星丸抱著飛來飛去時，被丟丟森林的樹枝勾破的。由於下午茶桌的四周沒有雨，因此露子完全沒察覺。

「好，那就先去找新雨衣吧！」

古書先生重重點頭，大大的喙也上下晃動。

「畢竟，我還得請妳再去一趟丟丟森林，裝備不齊全怎麼行呢。」

十　商店裡面的商店

舞舞子、書芊及書蓓將茶點收拾完畢後（只消將桌巾摺起來，茶杯、甜點與盤子，就神奇的消失了），七寶屋老闆將一個圖案精美的紙盒放在香菇桌上。這盒子是從短外褂的暗袋拿出來的，但是，那暗袋怎可能放得下這種盒子？

盒子是可愛的紅色，蓋子上畫著一群蝴蝶。

「七寶屋老闆的店很有趣喔。」

舞舞子的夕陽色眼眸閃閃發亮，如此說道。

「店」？什麼意思？

在大家的圍觀之下，七寶屋老闆緩緩打開蓋子。露子原本以為裡頭八成是摺好的雨衣，見到內容物，她不禁驚呼一聲。

盒子裡還有一個盒子。

那是一個橘色的盒子，上頭畫著菊花。打開一瞧，又冒出一個黃色盒子，畫著一隻鶴，接下來是綠色盒子搭上扇子，藍綠色盒子搭上櫻花紛飛，靛藍色盒子搭上當季的竹子，最後，則是紫色的小小盒子，上頭畫著手毬。

七寶屋老闆將七個盒子排列在桌上。七色盒子一字排開，看起來真是壯觀。

「我知道，這是盒中盒對吧？」露子說。

七寶屋老闆故意賣關子，露出似笑非笑的笑容。

「來，妳需要的東西，就在蝴蝶盒子裡。」

七寶屋老闆將最大的紅色盒子往前推。他到底想幹嘛？露子覺得好納悶，這時——

「歡迎光臨。」青蛙搓搓手心。

場景變了，這裡已不是「下雨的書店」！

「咦！咦？」

露子左右張望，發覺自己在一家陌生的商店裡！四面牆上掛滿各式各樣的衣裳，好像蝴蝶標本盒似的：店裡有紅色和服、滿天星[4]色調的洋裝，也有鑲著亮片的小丑服。牆邊的上層櫃子有大禮帽、圓錐帽、古典遮陽帽、廚師帽等等，應有盡有。

地板是紅木地板，店裡完全沒有出入口。

「喏，跟舞舞子姊姊說的一模一樣吧？」

耳邊突然有聲音，嚇得露子彈了起來。她肩上站著一隻青鳥，額頭上有個白色星號。

「星丸！拜託你別嚇我啦。這是怎麼回事？」

「這就是七寶屋老闆的店呀，露子。」

天上傳來宏亮的說話聲，露子抬頭一瞧——哎呀，難道天地顛倒了？這裡沒有天花板也沒有屋頂，只見書芊與書蓓變成兩名巨人，而舞舞子的臉則跟天空一樣大，三人同時從上面俯視露子！

「來來來，小朋友，不要一副活見鬼的樣子，看看雨衣吧！」

青蛙用那雙溼冷的綠手推著露子的背，她就這麼傻愣愣的被推向牆邊，彷彿被帶到外星球似的。

陰暗的牆角有面高高的全身鏡。露子被帶到全身鏡前方，鏡子鑲著生鏽的金框，發出朦朧而奇妙的光芒。在鏡中，露子肩上的星丸正快速拍動翅膀。

而鏡子旁邊，掛著數也數不清的雨衣。

「好，先脫下雨衣吧！來，請交由我保管。小朋友適合……這個嘛，不適合黃色，『燃燒斗篷』也不對。」

七寶屋老闆邊說邊挑，將牆上那些色彩繽紛的雨衣一件件拿下來，又一件件掛回去。有幼兒園生穿的金絲雀色雨衣，也有莫名滴著水的紫色大衣，以及瞎子也看得出來底下長著腳的蓑衣、由熊熊烈火

---

4 滿天星，石竹科石頭花屬的植物，別名圓錐石頭花、錐花霞草。

做成的斗篷……露子每件都不想穿。

「呃，我穿著破掉的雨衣也沒關係啦，反正頭髮也溼了……」

況且，露子很喜歡這件雨衣——話還來不及說出口，七寶屋老闆便大嚷道：「呱！這個這個，就是這個！蝙蝠雨衣！嗯，雖然款式有點老派，不過也很適合年輕人。小朋友，我推薦妳這件。」

七寶屋老闆取下一件黑漆漆的雨衣，袖子跟蝙蝠翅膀一樣尖尖刺刺的。

「呵呵呵，好像巫婆喲。」

七寶屋老闆幫露子穿上雨衣，露子頭上的星丸看得呵呵笑。鏡中的露子臭著一張臉，跟雨衣的刺刺袖子一樣不好惹。

「露子，妳穿起來好可愛喔。黑色看起來酷酷的，但也充滿神祕感。另一件雨衣，我會幫妳補好的。」舞舞子從上方對著露子說。

沒辦法，露子只好嘟著嘴留下新雨衣。反正只要把溼掉的頭髮擦乾就好，若是把衣服弄得太溼，回家鐵定被媽媽罵一頓……

——回家？露子的心臟頓時漏了一拍。

（回家能幹嘛……反正點心時間早就過了……）

沒錯，吃點心的時間早就過了。購物袋不翼而飛，莎拉也吃不了布丁了……露子、星丸、舞舞子、精靈和古書先生（還有中途加入的七寶屋老闆）一起吃了好好吃的下午茶，可是莎拉卻吃不到布丁。

外面的世界變得怎麼樣了？莎拉在做什麼呢？

露子用眼神詢問鏡中的自己。

（……我幹嘛滿腦子都是莎拉？）

露子對自己有點生氣，於是對著鏡中的自己大眼瞪小眼。

七寶屋老闆的一句話打斷了露子的胡思亂想。

「嗯，很好看。好，請買單。」

露子嚇了一跳。

「我身上只有買東西找回來的零錢耶。」

露子口袋裡只有幾個鏘鏘作響的銅板。七寶屋老闆聞言，將那雙神祕的眼睛瞇成一條線。

「不不不，我不收人類的錢。畢竟到頭來，那東西只能在狹小的世界使用。我想要的，是小朋友妳的未來。」

他橫長的瞳孔閃出銳利的光芒，令露子背脊發涼。

「未、未來？」

露子往後一退，此時一雙太陽般的眼睛望向店內，不耐煩的說道：

「七寶屋老闆，你別再賣關子啦！人類這種生物啊，聽不懂暗示啦。」

「好的好的，我知道了。好，小朋友，請看這個壺——」

七寶屋老闆一面說著，一面捧起全身鏡旁邊那個不起眼的壺。壺

的底色是栗子色，上了黑色的釉，看起來很像醬菜缸。

「好，請妳交出來吧——小朋友，請把不穿蝙蝠雨衣的未來交給我。」

露子不安的皺起眉頭，瞪著那個壺。

「……這什麼意思？」

「我的天啊，要講幾次才聽得懂！」

頭上又傳來古書先生的聲音。

「小朋友，請放心，妳不需要這種未來——因為妳已經穿上蝙蝠雨衣了。」

「等、等、等一下……」

露子退離七寶屋老闆好幾步，拚命運轉混亂的腦袋。

因為穿上了雨衣，所以不需要這種未來……換句話說，如果不穿蝙蝠雨衣，就需要這未來了。如果不買這件雨衣……

（對了，如果不穿這東西，或許我就能回家了。）

而且，或許現在就能馬上回去呢！露子抿緊嘴脣。

現在馬上逃離這莫名其妙的地方，回到家裡——

「……」

我有資格回家嗎？露子心想。露子來不及趕回家，將買給妹妹的布丁交給她。露子知道莎拉一旦吃不到布丁就會大哭，所以……

露子默默垂下頭，覺得心好像空了一個洞。

「……不過，妳所不需要的未來，能在本店受到妥善運用。所謂的未來就是可能性，『說不定』能進更罕見的商品，『或許』能找到更奇妙的貨……原理就是這樣。」

七寶屋老闆的解釋，露子覺得聽起來好遙遠。只見七寶屋老闆逕自打開壺蓋，將壺口對準露子。壺裡黑漆漆的，彷彿有著無邊無際的黑暗——說時遲那時快，一條透明的帶子，倏的被吸進壺裡。那是一條長長的帶子，不知道是從哪兒冒出來。它毫無抵抗能力，如水流般流進壺口，消失在壺裡的黑暗中。

露子杵在原地，感覺到心裡的洞愈來愈大。她認為，剛才好像發生了某件無法挽回的事情。

「哇，年輕人的未來就是不一樣，好有活力啊。」

七寶屋老闆闔上蓋子，一邊讚嘆的點點頭。

「不行，這麼棒的未來只換到蝙蝠雨衣，這太吃虧了。我們做生意的，一定要做到童叟無欺、銀貨兩訖才行。我要送一件贈品給妳。」

說完，七寶屋老闆便緊緊握住露子的手，硬是將她拉走。

露子覺得自己好像被吞進了萬花筒。四周的景色不斷變化，一會兒穿越琳琅滿目的餐具店，一會兒變成賣瓷壺、陶器和裝飾品的店（明明沒有門，到底是怎麼走進去的？），令人眼花撩亂的珠寶扇子店，擺滿化妝品、味道濃到薰死人的店，販賣鋼筆、記事本、菸斗及放大鏡的店；最後一間，則是櫃子上排滿玩具的迷你小店。

一口氣看遍那麼多商品，露子覺得眼睛都要花了。沉穩而不失華麗的紫色地板，好像波浪似的搖來晃去。

星丸活力十足的跑來跑去，掃視櫃子上的每個玩具。

「這帆船好棒喔。妳看，它浮在空中耶。喔！船長揮手了！」

露子頭昏腦脹，根本沒辦法看什麼玩具。

七寶屋老闆果斷的從數也數不清的玩具中挑出一件玩具。

「妳所需要的贈品……來，就是這個。」

他遞給露子一個由桃紅色海螺做成的蝸牛公仔。

十一　再訪丟丟森林

露子不知道自己到底是怎麼走出七寶屋老闆的店，總之她身穿純黑色蝙蝠雨衣，手持蝸牛贈品，站在「下雨的書店」的草地上。

「哎呀，真是做了樁好買賣啊。」

七寶屋老闆嘻皮笑臉（或許該說是綠皮笑臉）的收拾盒中盒。他將其餘六個盒子收進第一個蝴蝶盒裡，然後再放入短外褂的暗袋。

「七寶屋老闆。」舞舞子喊道。

「有沒有什麼東西，能幫助露子查探丟丟森林呢？我們完全沒料到會有人破壞故事種子，真不希望露子遇到危險……」

然而，七寶屋老闆只是用那雙神祕的眼眸注視露子，輕輕點頭微笑。

「不不不，她什麼都不缺。這位小朋友，打從一開始就有幫手啦。」

「你是說我嗎？」

星丸在露子頭上攤開翅膀。這回，七寶屋老闆搖了搖頭。

「這個嘛，你們不久就知道了。而且，蝙蝠雨衣多少也能幫上忙。——好啦，小朋友，『下雨的書店』就麻煩妳嘍。沒有『獵書嗡嗡』的書，哪稱得上是書呀。」

就這樣，七寶屋老闆抱著「下雨的書」回家了。啪，小門悄聲關上。露子默默注視著門半晌，然後抬起頭來，直直望著古書先生跟舞舞子。

「好，我再去一次。」

「嗯，交給妳嘍！」

古書先生滿懷期待的點點頭，而舞舞子則一臉擔憂。

「露子，妳沒事吧？我看妳面色有點凝重……也是啦，面對故事破壞者，害怕也是正常的。想不到森林裡居然有那種危險分子……怎麼辦？這種高風險的事情，不能讓露子去做呀。」

「舞舞子，難道妳不相信七寶屋老闆說的話嗎？」古書先生板起臉來。

舞舞子面有難色的托著腮幫子。

「不是的，我只是……」

「我才不怕呢。」

露子高聲一喊，所有人的視線都集中在她身上。想不到自己居然脫口大聲宣告，連露子都嚇了一跳。

「我想去，舞舞子姊姊。反正只要打敗亂啃故事種子的人就行了吧？」露子語氣堅決。

舞舞子一聽，不禁揚起彎月般的眉毛，睜大黃昏色眼眸。

「可是，露子……」

「我陪妳去！」

星丸幹勁十足的拍打翅膀，飛來飛去。

「只要有我在，不管遇上什麼壞蛋，都是小case啦！」

「星丸，那裡對你來說也很危險啊……」

舞舞子皺起乳白色額頭，嘆了口氣。星丸啼叫著，停在逐漸萎縮的香菇桌上。

「所以妳就放心讓女孩子自己去？安啦，有我在，飛上天空也不成問題！不過她很重，所以飛不久就是了。」

不管星丸去不去，反正露子是去定了。她非去丟丟森林不可……因為也沒有別條路了。露子在雨衣的袖子裡握緊拳頭，好按捺內心的黑洞。

「況且，只要有我在，說不定每件事都能順順利利喔！畢竟青鳥能招來好運嘛！而且這裡還有顆希望之星呢！」星丸在空中小小翻了一圈。

咔！古書先生不屑的震響鳥喙。

「哼！那只不過是人類的傳言罷了！在鳥的世界裡面，才不理那種迷信呢！」

語畢，古書先生瞥了露子一眼，然後若有所思的沉吟起來。

「不過，說的也是。雙手空空過去，要是遇上什麼事……不怕一萬只怕萬一啊。舞舞子，讓她帶那東西去好了。有了那東西，多少有點保障。」

「好，我知道了……」

舞舞子點著頭，但表情還是有點凝重。

「書芊、書蓓！」

她拍拍手，呼喚兩名精靈。

「把《月讀之書》拿來。」

書芊跟書蓓聞言，原本可愛的臉蛋頓時浮現緊張感。她們舉手敬禮，然後飛向盡頭書櫃的最上層——那裡好昏暗，彷彿一面守護祕密的窗簾。精靈面色嚴肅的從昏暗的書櫃鑽出來，搬出一本跟其他「下雨的書店」截然不同的書。

「這是……？」

舞舞子將書遞給露子，它的封面硬得像石頭，觸感像磨砂玻璃；顏色是暗銀色，但實際上沒有看起來那麼重。

「這是《月讀之書》。」古書先生語氣肅穆的說。

「這是一本特別的書。這本書的故事種子，是由故事創作者——一名人類——親自送到『下雨的書店』。那顆種子比我見過的任何種子都複雜、都富含智慧，而且顏色與形狀都無比純淨。我看上這一點，因此特地用心培育，只用沐浴過月光的雨水灌溉它。

這本書能增強人類的『夢之力』。聽好了，想在丟丟森林闖關，最需要的就是『夢之力』。萬一發生什麼緊急狀況，就打開這本書吧。這是我們『下雨的書店』珍藏的好書，今天就破例借給妳吧。」

接著，古書先生猛的將單邊翅膀舉向天空，閉上眼睛，一副要對天喊話的樣子。

「各位，聽好了，接下來這部分非常重要。月亮，是掌管水、時間、生命循環的天體，更重要的是，月亮也掌管『夢之力』。根據某項研究顯示，人類所遺忘的夢想與故事，是藉由月之力送往丟丟森林。其實，我私下也認為運載種子的花是月光的某種型態，這項假設，相信不久就能得到證實。

我針對月亮的神祕性與『夢之力』之間的密切關係，運用古老德魯伊[5]的方法——」

此時，舞舞子小聲而清晰的清了清嗓子。古書先生滔滔不絕的演講，就在這麼精采的地方中斷了……至少古書先生是這麼認為。

古書先生好像有點尷尬，於是拍了幾次翅膀。黃色眼鏡後面那雙眼睛，銳利的望向露子。

「……總之，月亮就是人類夢想的泉源。有了這本《月讀之書》，妳在丟丟森林可說是天下無敵！拜託妳了，我們『下雨的書店』的存亡就掌握在妳手中。」

「露子，萬事小心。若是遇上什麼事，記得馬上回來喔。」

露子直視著手上的書半晌，終究沒有翻開。反正有需要再翻開就行了，沒必要就不必翻開。微微透光的封面，似乎正眼神深邃的凝視著露子。

露子將銀色的書夾在腋下，看了看古書先生，又看看舞舞子。

「好，那我出發了。」

露子注視著掛在天花板上的薰衣草色鯨魚——不知不覺中，竟湧出了透明的海水。她已經抓到訣竅了。

5　德魯伊，凱爾特社會中的祭司。

「游吧！」

露子低聲念出咒語。

轉眼間，她就從「下雨的書店」消失了。

十二　需要星丸的人

這裡是寬廣無邊的藍色大海……不，雲朵隨侍在旁，繁星點點，重點是能呼吸，應該是天上吧。四周與遙遠的下方都布滿星光，恰似海螢[6]的光芒；而鯨魚，就優游在星光中。

白色的月牙高掛天空，慈祥的俯視萬物。

露子在鯨魚柔軟的背上抱膝而坐。

「……星丸，你跟來了嗎？」

一個穿著藍色衣服的男孩坐在露子旁邊。

「妳幹得很不錯嘛，比上次的火車好多了。」

星丸在鯨魚背上伸長雙腳，用力把頭一仰，嗅著四周的味道。

「欸，我來當誘餌，引誘貘出來好了。然後咧，我們要怎麼抓住牠背上的傢伙？」

星丸彷彿搭上探險船的船員，臉上神采奕奕。他那副雀躍的模樣，露了實在看不大下去。

「……不知道。」

星丸聽了大吃一驚，睜大雙眼。

「不知道？怎麼會咧？那我們又是為什麼特地去丟丟森林？不探險還能幹嘛？」

鯨魚噗嚕噗嚕的噴出泡泡般的海水。海水反射著月光，發出夢幻的光芒。

「話說回來，說要抓住他，可是我們連對方是什麼都不知道呢。」

「這還用說嗎！那傢伙就是破壞故事種子的大壞蛋啊！天空霸主星丸，要讓他吃不完兜著走！」

星丸開始上下甩動雙腳，露子只好垂下肩膀說道：

「……好啦，抓就抓嘛。如果不能溝通，就抓住他。不知道那東

---

6 海螢，一種介形蟲，生活在海灣裡的浮游生物，受海浪拍打等刺激時會發出藍光。

西會不會說話就是了。」

露子運用「夢之力」，讓水母和飛魚游來游去。飛魚發著藍光飛越月亮，水母則漂流在遙遠下方的繁星之中。

「妳怎麼啦？幹嘛突然擺臭臉。妳就那麼討厭蝙蝠雨衣嗎？我覺得很適合妳啊。」

星丸一邊說著，一邊目不轉睛的看著飛魚表演。

「我不能回家了。」

露子用力抱緊雙膝。膝上的《月讀之書》抵著胸口，冰冰涼涼的。

「那妳要怎麼辦？」

星丸盤起雙腿，端詳露子。

「……不知道。我……什麼都不知道。」

露子知道自己的淚水即將決堤，趕緊咬住下脣。星丸看得不知所

措，露子只好用力深呼吸，仰頭說道：

「這個嘛，不然我在古書先生店裡工作好了。」

星丸開懷的笑了。

「這樣不錯耶！妳每天都能吃到舞舞子姊姊的甜點呢！只是古書先生很囉唆就是了。」

星丸的語氣是如此開朗，露子的心坎卻恍如冰冷的潰爛般，滲出組織液。

鯨魚噴出第二次的海水，同一時間，露子也嘆了口氣。

「星丸，你住在哪裡？」

露子一問，星丸立刻得意的哼了一聲。

「我每天都住在不同的地方。我可以住在丟丟森林，也可以住在人類的夢裡。我呢，是個瀟灑而漂泊的冒險家！」

（冒險家會準時去書店吃下午茶？）

露子在心裡暗自吐槽，卻沒有說出口。

「星丸，你跟鬼魂差不多吧？為什麼卻能摸東西、吃東西呢？」

星丸一聽馬上迅速搖頭，活像小鳥似的（他本人也是小鳥）。

「天知道。鬼魂不能喝茶吃點心嗎？好可憐喔。」

露子從來沒見過鬼，所以不置可否。

「星丸，你也來『下雨的書店』住就好啦。」她拋出一項提議。沒錯，這麼一來，大家就能每天一起喝下午茶，也能跟書芊書蓓一起玩了——

星丸單腳站起來，雙手像翅膀一樣攤開，練習平衡技巧。露子擔心他摔下去，他卻不以為意。

「我四海為家，就是為了尋找。」

「找什麼？」

露子訝異的挑起眉毛，星丸的反應則完全相反，露出靦腆的笑容。

「尋找需要我的人啊。一定是很不幸的人。一定是一個想要交朋友、想要幸福的青鳥、想要希望之星的人。」

「好貪心喔。」

「舞舞子姊姊說，一般而言，受渴求者會出現在渴求者眼前。可是我根本不知道他是什麼人，也不知道他在哪裡——受渴求者能感應到氣味，可是我就是感應不到。所以我一直在尋找。」

露子望著前方，心想：那個人，說不定已經不在世上了。就拿走失的貓咪來說好了，一旦飼主搬家或死亡，貓咪就再也無家可回了。也或許，是對方已經忘了星丸——

「他一定也在等我。」

星丸似乎看出露子的想法，斬釘截鐵說道。

「因為，如果我被遺忘了，就會一直住在丟丟森林。」

一語驚醒夢中人。

如果需要星丸的人忘了星丸——丟丟森林確實具有神祕的美感，但星丸這樣的男孩子獨自住在那兒，實在太孤單了。

「這樣呀……希望你順利找到喲。」

露子縮起身子咕噥，一邊暗想：如果星丸找到那個人，我就再也見不到星丸了吧……那個人肯定會獨占星丸，壓根不把露子放在眼裡。

還有呀，星丸幹嘛聊起那種貪心的窩囊廢，還聊得那麼起勁？真是少根筋。露子再度用力咬緊下脣。

（……算了，我不理星丸了。）

恰似海螢的繁星，呈波浪狀緩緩飄動。鯨魚抓住空氣的流動，開始下降——抵達丟丟森林。

十三　白影

丟丟森林依舊昏暗，空氣澄澈，萬籟俱寂。

薰衣草色的鯨魚消失了，露子站在淹沒林地的水面上。

一股奇怪的震顫忽的竄過露子全身，彷彿憑空泛起的漣漪。她覺得似乎有人在看她，便轉頭一望，卻只看到浮現在黑暗中的透明群木。

「接下來該怎麼辦？」

她對星丸搭話，不料一股寒意倏的襲上心頭，嚇得她倒抽一口氣。

這裡沒有人。

明明剛剛還在身邊，怎麼轉眼間就不見了？

「星丸？」

露子對著連風都懶得刮的空氣喊話。聲音瞬間被吸入黑暗中，沒有人回話。

（怎麼會……？）

露子覺得好害怕。她的雙腳彷彿開始變得透明，逐漸消失。

「星丸，你躲在哪裡？不要鬧了！」

還是沒人回話。仰頭一望，只看得見珍珠色的樹枝與黑漆漆的天空靜靜編織圖案，找不到藍色小鳥。

多麼青天霹靂。突然間，露子就變得孤伶伶了。

（冷靜一點。）

露子拚命思考，兩人到底是怎麼失散的？他起了玩心，所以躲起來了？降落前不小心從鯨魚身上摔下去了？被貘吃掉了？不，不可能！還是說——露子搖搖頭。杵在這兒亂想也不是辦法，還是先去找星丸好了。

露子拚命調整呼吸，抱著古書先生暫時借放的書，在丟丟森林邁步往前走。

少了星丸，森林看起來更廣大、更莊嚴。露子覺得自己像蟲子一樣渺小，如同沙粒一樣無依無靠。

「星丸──在的話就出來呀。」

總覺得每呼喊一次，肚子就冰冷的顫抖一次。透明的群木一閃一爍，好似跳動的脈搏，但它們也無情的忽視露子，彷彿堅硬的玻璃。

「要不要打開這本書看看……？」

露子凝視著《月讀之書》的銀色封面。對了，他們不是說，萬一遇上什麼麻煩，就打開這本書嗎？現在就是一場大麻煩呀！雖然不知道區區一本書，能幫上什麼忙就是了……

說時遲那時快，露子正要翻開封面，遠方的虛幻樂聲卻鑽進她耳裡。露子的心跳大大漏了一拍。那樂聲，正是故事種子所演奏的音樂！

露子再度將書夾在腋下，奔向聲音的來源。或許到了那兒，就能找到星丸了。露子全速狂奔，即使水花濺入長靴也不在意。樹根閃耀著繽紛的光芒，發出歡樂的樂音……然而，這跟上次與星丸看到的景象並不一樣。

宛如由極光色玻璃紙製成的睡蓮，各自承載著故事種子，盛開成一片花海。發出朦朧光彩的花群……這當中，並沒有星丸。

「……」

露子氣喘吁吁環視這片景色。她不知道自己究竟該沮喪，還是該盡情欣賞美景？

在花中顫抖的種子，比上次在丟丟森林看到的那些種子更大、更飽滿，看來成長得很順利。花兒沒有莖，靜靜漂浮在清澈的水面上。露子懂了，這些花朵，將會受到「下雨的書店」製書室的雨水與光的吸引，漂流過去。

此時，露子聽見一陣微弱的聲響，跟故事種子所演奏的樂聲截然不同。她趕緊抬頭一看，遙遠另一端的花海中，有個人正在走路——不，他在飛嗎？朦朧之中，他看起來像顆人形氣球，輕盈的飄來飄去。

「喂——那裡有人嗎？」

露子大聲一喊，那道白色影子忽然轉過來，隨即朝著露子猛衝，像顆猛的拔掉的軟木塞！這下子，露子不得不承認：那影子確實在飛。

「人！妳是人嗎？」

「嗯、嗯，對啊。」

露子之所以往後一退，是因為眼前這東西怎麼看都不是人類。他全身呈現蠟白色，看起來有點透明，活像用特大號塑膠袋做成床單蓋在頭上似的——只是裡面是空的。他的下半身類似水母皺皺的裙襬，微微飄浮在浸水的林地上。

「妳有沒有看到……貘？」

他那雙發出蒼白光芒的眼睛湊近露子，如此問道。

「貘……貘？」

「對，貘！怎麼會這樣呢，居然讓牠給跑了……不知道牠跑到哪裡亂吃故事種子了……」

他苦惱的低吟，伸出柔軟有彈力的手，抱頭苦思。

「請問……呃……你該不會是……鬼？」露子戰戰兢兢問道。

那東西一聽，馬上抬起頭來。

「嗯，對。我是鬼魂。可是，我不只是鬼——」

露子不知道該怎麼形容這種狀況。有個鬼魂大聲宣告自己是鬼，模樣卻一點也不嚇人。

「更是個作家！」

鬼魂遞出一疊蒼白的紙，以及透明的棒子——原來是稿紙和鉛

筆。露子的心思全放在他的外觀上，完全沒注意到他拿著這些東西。

「這是我手上的新作品，以後鐵定是一部曠世巨作。」

鬼魂特地將稿子高舉到露子眼前，以方便她閱讀。然而，在露子看來，上頭根本什麼也沒寫，只是一堆白紙。露子原本覺得納悶，後來才驚覺：他當然不可能寫書！因為鉛筆是透明的，簡直就像根玻璃棒。難道鬼魂沒有察覺這一點嗎？

「你在這裡幹嘛？」

「我在這裡寫書。這裡是個安靜的好地方喲，而且也有音樂……」

「我不是問這個……」

露子一說，那張蒼白的臉孔頓時僵住了。

「對對！我得去找貘才行！那傢伙到底跑哪兒去了？」

鬼魂慌張得不得了，一會兒彈到那邊、一會兒沉到這兒，真的跟水母沒兩樣。

「那隻臭貘，到處亂吃森林裡的故事種子，一吃就吃個沒完！真是太不像話了！我身為作家，非得阻止牠不可！」

聽到這番話，露子總算稍微放心了。因為，她原本懷疑這個鬼魂是亂啃種子的凶手呢。

「我在找星丸……呃，就是，我在找朋友啦。說不定他在貘那裡……我陪你一起找吧。」

鬼魂一聽，霎時臉色一亮（不過，也只是從蒼白變成純白而已）。

「真的嗎？那就太好了！好，我們走吧。可是，該從何找起呢？那傢伙專找有故事種子的地方，可是森林裡到處都是種子啊。」

露子沒有回答，反倒咯咯一笑。

「妳笑什麼啊，這問題很嚴重耶。」

「我、我知道啦。」

說歸說，露子卻依然止不住竊笑。

「……不是啦，我的腳好癢……」

有東西在搔露子的腳。可是露子穿著長靴呀！靴子裡到底有什麼？

露子拚命忍住笑意，一口氣脫掉長靴。結果你們猜怎麼著？

——嘩啦！

有個東西從長靴滾出來，掉進水裡。啊！露子驚呼一聲。

「是蝸牛！」

沒錯，就是那隻露子一路追著跑的蝸牛。她正納悶怎麼蝸牛從店裡消失了，原來躲在這種地方！

露子趕緊撥開花朵，把蝸牛從水裡撈出來。蝸牛舞動著觸角，好似在對露子傳送什麼訊號。

很奇妙的，露子似乎知道蝸牛在說什麼（就像露子在通往「下雨的書店」的書櫃迷宮時一樣）。

「你知道貘在哪裡？」

細細的觸角晃呀晃，彷彿說著：沒錯！接著，蝸牛在露子手心轉換方向，朝著某方位伸出觸角。

「那東西能信嗎？」

鬼魂擔憂的湊過來。

「嗯。」

露子點點頭。七寶屋老闆所說的幫手，說不定就是——不，不用懷疑，就是這隻蝸牛。

「走吧。」

十四　你追我跑

蝸牛彷彿指南針，在露子手心伸長觸角。一旦露子與鬼魂要走錯路了，蝸牛就會改變觸角的方向，修正路徑。

（冷靜點、冷靜點，不會有事的……）

露子暗自祈禱，一邊走往蝸牛指示的方向。蝸牛的肚子抵著露子的手心，明明牠的肚子冰冰涼涼的，卻傳來一股激勵人心的暖流。露子相信，星丸一定平安無事。

「欸，是不是也有人需要你的出現？」露子邊走邊問。

她小心翼翼走著，生怕打翻載著故事種子的花朵。反觀飛在空中的鬼魂，根本無需擔心這一點，於是一派輕鬆答道：

「需要我？妳在說什麼啊？我是追著在天上飛的東西，一路追過來的。那是很寶貴的東西。」

「在天上飛的東西？」露子眨了眨眼。

鬼魂的眼睛頓時變得水汪汪，用力點頭。

「對。非常寶貴的東西。」

總覺得再問下去很像探人隱私，於是露子換了個話題。

「你叫什麼名字？」

「不知道耶。鬼魂才不在意名字呢。畢竟人都死了，就不會再用語言稱呼，而是改用別種方式。——不過，也對啦，妳是活人，所以需要用語言稱呼呀。」

此時，鬼魂若有所思的在空中翻了一圈。真是的，真搞不懂這隻鬼到底是急還是不急？

「嗯，我有靈感了！我叫『靈感』！我有天才般的靈感，所以叫『靈感』！」

露子覺得很傻眼，但是瞧他笑得那麼開心，也實在拿他沒轍。

「知道了，你叫靈感對吧？我是露子。」

「喔——？我以為妳會叫別的名字呢。比如莎莎卡、莎拉拉啦。」

鬼魂瞥了露子一眼，而露子則用力瞪著他。

「為什麼？」

「呃，沒有啦，直覺告訴我的……」

鬼魂好像完全沒注意到露子的視線，逕自吹起口哨。

哼！露子冷哼一聲，別開目光。什麼莎拉拉嘛，聽起來就像某人的名字，那種名字哪適合我……

（這邊……）

露子倏的停下腳步。

「怎麼了？」

鬼魂詫異的眨眨眼。

「噓，安靜點——」

（這邊，快點……）

又聽到了。上次來丟丟森林時，也聽到同樣的聲音從遠方呼喚露子。露子還是覺得這聲音很耳熟……她曾經在丟丟森林以外的地方聽過……

當記憶逐漸成形，鬼魂卻開始嚷嚷：

「怎麼啦？根本沒什麼動靜啊。」

聲音就像吹熄的燭火般消失了。露子搖搖頭，嘆了口氣。

「沒什麼。」

連鬼魂都沒聽到，八成是錯覺吧……？話說回來，為什麼那聲音喚起了露子心靈深處的共鳴——

露子與鬼魂重整態勢，再度往前走。

「對了。」

鬼魂湊近露子，劈頭就問：

「妳看書嗎？妳知道《托特金頓博士的吹泡泡論證》這本書嗎？」

露子驚訝的眨眨眼，然後搖搖頭。

「不，不知道。」

「是喔……」

鬼魂有點沮喪，嘟起嘴來。不過，他馬上又抬起頭，睜大眼睛逼近露子。

「那、那《散步散到骨頭散掉》呢？《吸血伯爵的大蒜食譜》呢？」

「……呃，不知道耶。」

鬼魂死命盯著露子，眼睛連眨都不眨一下，嚇得露子往後退。他幹嘛這麼激動？

「《兩個滴答與一百個呸》，這本聽過嗎？」

「那本我知道，而且也看過喔。」露子點點頭。

鬼魂一聽，雙眼倏的睜得老大，露子真擔心他的眼珠子掉下來。

「然、然、然後呢？妳覺得好看嗎？」

這隻鬼說自己是作家，那麼他一定是個愛書人吧！露子心想。他似乎知道很多露子聽都沒聽過的艱深怪書。

露子靜靜回想故事的情節，接著說道：

「難看死了。兩個滴答被『呸』的百人大軍追殺，然後從世界的邊緣掉下來，這種結局好爛喔。換作是我，才不會那樣寫呢！我想，一定會更加——」

說到這兒，露子頓時語塞。換作是我，一定會更加……？更加……更加怎樣？露子根本從未寫過故事……

她心頭有種奇怪的感覺，好像頭髮被魚鉤扯住似的。

此時，露子旁邊的鬼魂，竟面色慘白的垂著頭。他怎麼突然變成這樣？露子嚇了一跳，戰戰兢兢的端詳他的臉。

「怎麼了，不舒服嗎？」

他的臉色，看起來活像連坐了好幾小時雲霄飛車。那張慘白得嚇人的臉，眼睛就像石頭一樣缺乏生氣。

鬼魂用那張死人臉僵硬的轉向露子（這是他目前為止最像鬼的一刻！露子嚇得背脊都涼了），擠出笑容問道：

「那……妳聽過這本書嗎……《海洋彼岸的遙遙》。」

露子沒有出聲，微微搖頭。

「不、不，我、我沒聽過。」

「是……是喔……那麼……」

鬼魂咕噥著又垂下頭，然而，馬上又用開朗得噁心的表情大聲說：

「那麼，代表那部作品還沒問世！」

露子一頭霧水，睜著眼睛說不出半個字。不過，鬼魂的心情好像一口氣從谷底爬到顛峰，連飛行姿勢都洋溢著喜悅。

「問妳喔，活著是什麼感覺？我很久以前就死了，所以早就忘了。」

他連這種問題都問了。

「……不知道……大概是會肚子餓，流血也會痛……還有，你也會睏、會累，身體會變重之類的。」

「喔？」

鬼魂用筆在稿紙的一端抄下來（當然，文字是透明的），大概是想拿來當參考吧。

「不過，說到飢渴，我也略懂略懂。畢竟我是個作家嘛。」

鬼魂得意洋洋的笑了起來。

「喔？怎麼說？」

不到一秒，露子就後悔到不行。真不該問這問題！

「——看好了！」

鬼魂尖叫一聲，接著竟然一把抓起地上的花，啃咬故事種子！

啪唰！水花四濺，露子往後一退。

「無論我怎麼找，就是找不到想要的故事！這個也不對！」

咬過的種子，就這麼被鬼魂扔到水裡。眼前這一幕，看得露子心臟一緊，連聲音都出不來。

「我的故事、我的故事，到處都找不到我的故事！」

鬼魂尖聲大吼。渾圓的眼睛發出凶光，臉頰僵硬，染上冰冷的青光。這隻鬼魂，剎那間彷彿變成了怨恨的集合體。

「再不快點找到，就要被那隻臭貘搶先吃掉了！」

「是、是、是你幹的好事吧？居然做出這麼可惡的事情……」

露子的胃好像開始抽筋了。鬼魂的眼珠發出銀色光芒，怒瞪露子。

「可惡？妳說我做錯了什麼？我只是死掉而已。《海洋彼岸的遙遙》這部傑作，還沒寫完就死了！哪有這種事啊，怎麼會死了就忘掉自己未完成的傑作？是誰可惡啊！」

露子在恐懼中驚覺一件事。鬼魂追逐的那個「在天上飛的東西」，一定是他還沒寫完就忘掉的故事。他追著自己的故事種子，一路追到丟丟森林。

鬼魂的眼神彷彿飢餓的野狼，露子按捺著快要爆炸的心臟，勉強注視著他。

「因為，你的故事還沒寫上『劇終』呀！」

在露子大吼的同時，鬼魂也飛上天空。

「哼，妳這活人懂什麼！我要去尋找自己的故事，非找到不可！」

鬼魂速度驚人的飛向森林裡，活像一顆長得像水母的流星。

「等等！」

露子跑了起來。絕不能讓他逃走。不料——

啪唰！

蝸牛從露子手中掉了下來。露子趕緊撿起來，準備放到口袋裡，蝸牛卻用力伸長身體與觸角，指向與鬼魂完全不同的位置——也就是露子原本所走的方向。

「……你要我繼續往這方向走？」

蝸牛的一對觸角往下揮，似乎表示「沒錯」。

露子再度望向鬼魂逃走的方位。鬼魂身體輕飄飄的，速度卻快得異常，露子已經完全看不到他的身影了。

「……好吧。」

露子再度朝著蝸牛所指的方向邁步，穿越花海。反正就算跑過去也追不上他，還是先找到星丸再說。

極光色的花朵變得零散，故事種子所演奏的音樂也愈來愈微弱。寂靜頓時籠罩大地。

「欸，你知道星丸在哪裡對吧？」

露子開始擔心，腳步也變得愈來愈沉重。搞不好根本走錯路了！

這樣的疑惑，在她心中揮之不去。然而，蝸牛依舊自信滿滿，將觸角直直往前伸。

露子走在陰暗的水上。群木的冷光，冷冷的蝸牛與書……這座森林似乎沒有一樣東西是溫暖的。露子朝著前方筆直邁進，眼睛也只看著前方，但她不免擔心，後面會不會有鬼？萬一他無聲無息折返，從後面偷襲露子——

不過，冰冷的道路並沒有露子所想的那麼長。

蝸牛豎起觸角，露子也跟著停下腳步。毫無疑問，這是「停下來」的暗號。因為，透過前方的樹木，露子看得出有條藍色影子一閃而逝（就像皮影戲一樣）！

「喂……過來啊！過來過來，你就只有這點速度嗎！」

星丸出現了！他衣服的背後長出翅膀，一逕大肆挑釁。事情實在太過突然，露子都忘了應該要放鬆的開心一下。

「星丸！」露子大喊。

星丸臉色一變，倏的停了下來，在水面上拍打翅膀。

「你跑去哪裡了！害我找了你好久！」

露子探出身子大罵，看得星丸瞠目結舌。

「妳幹嘛那麼凶啊。都是因為妳懷疑我，我才會被甩開啊。」

這回，輪到露子呆若木雞了。

「你、你說我……？」

「對啊。算了，沒差啦。現在不是閒聊的時候。——那東西來嘍！」

星丸笑著回過頭，從他的肩頭望去，一隻黑白色野獸正朝此處猛衝。是貘！

「果然是貘在追殺你！」

躂躂躂……！貘拔山倒樹而來，星丸高聲大笑，問也不問就抓住露子的肩膀。

「該溜嘍！千萬別弄丟書，不然古書先生會罵死妳喔。」

藍色翅膀奮力劃破空氣，轉眼間，露子的腳已離開水面。

星丸彷彿在跟貘玩你追我跑，他一會兒貼著水面飛，一會兒鑽過林木。儘管遠遠把貘甩在後方，牠的踢水聲依然緊跟在後。

露子覺得好像連自己都變成了小鳥。肚子朝著地面卻完全碰不到地面的任何東西，一路恣意馳騁。剛才的膽怯全都拋到了九霄雲外，再也追不上露子一行人了。

不過，單憑星丸的力量，還是無法抱著露子飛太久。他們的速度愈來愈慢，貘的腳步聲也愈來愈近。

「妳真的好重喔，再這樣下去會被抓住的。——好，我先飛到森林上方，把貘甩掉！」

兩人倏的往上升。這回，他們不再讓衣服像上次一樣被樹枝勾破，靈巧的穿越到上空。

群木從下方照亮黑暗的天空，宛如地上撒滿了月亮的碎片。整座森林閃爍著光芒，送出溫暖的脈動……無數遺忘的夢想從四面八方拉著尾巴衝向天空，好似一場流星雨。這幅美妙的景致，只由露子與星丸獨享。

露子與星丸不約而同放聲大笑。這份笑意，並不只是因為甩開了貘而已。

「星丸，對不起喔。我不小心在內心說了『我不理星丸了』，所以我們才會分開。」

「沒關係啦，我沒差。對了，妳有沒有看到貘的表情！不過，那傢伙背上沒有任何東西耶。」

露子一聽，忽然想起了那個鬼魂。

「星丸，剛才──」

露子還未提到那個鬼魂，就沒機會往下說了。因為，一個蒼白的東西如子彈般射過來，用力朝他們一撞！露子跟星丸還來不及喘息，砰！兩人就被撞開了。

「滾開、滾開、滾開！擋路的東西，全都給我滾開！」

這個尖聲大叫的東西正是鬼魂！露子想給他點顏色瞧瞧，卻力不從心，只能任由身體逐漸下墜。

星丸趕緊伸手飛過去，卻沒接到露子。再這麼下去，露子會摔死的！

就在露子快要撞上發光的樹枝時，她背後忽然發出拍打翅膀的啪沙聲。星丸的手還沒有搆到露子，她的身體卻直立起來，開始往上飄——不，往上飛……因為她背上長出了巨大的蝙蝠翅膀！

「哇塞，好猛喔！」

星丸高興的大聲拍手。只見露子揮動黑色翅膀，轉眼間就飛到了跟星丸一樣的高度。原來，這就是蝙蝠雨衣的真正功用。

「嘰，滾開、滾開！」

鬼魂尖聲大叫，卻一溜煙逃到森林裡，看來他是怕了。

「那傢伙就是種子破壞者！」

露子猛的指向他，高聲大喊。

「好，來玩你追我跑嘍！」

星丸頭部朝下，斂起翅膀，再度衝向森林（速度比自由落體還快！）。露子也有樣學樣。這雙黑夜之翼，如疾風般將露子送往目的地。

十五　繼續你追我跑

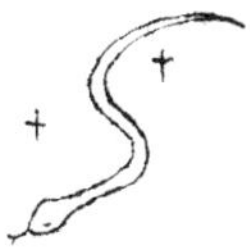

露子覺得自己好像變成了一隻真正的鳥，心裡好不雀躍（其實是蝙蝠翅膀，但那種小事就別在意了）。星丸快速穿梭在發光林木間，簡直就像燕子的特技表演，而露子也不落人後。

她緊緊抱著《月讀之書》，將蝸牛藏在口袋深處（免得牠摔下去），奮力往前飛。

鬼魂一會兒轉彎，一會兒翻筋斗，好似魚在水裡快速逃竄。他對這座森林瞭若指掌，眼看快抓到了，他又緊急掉頭，從露子與星丸身旁溜走。

對露子與星丸而言，麻煩的是：每當鬼魂與樹木重疊，就看不見他的身體了。模糊又半透明的鬼魂，巧妙的與狀似玻璃的樹木融合在一起，壓根分辨不出來。

還有更麻煩的，那就是鬼魂沒有身體，所以根本不懂疲累是何物！反觀露子跟星丸，已開始氣喘吁吁了。

鬼魂依然沒有降速，猛的來個大迴轉。

「好，我們前後夾攻！」

星丸高聲一喊，與露子拉開距離。他似乎想抄近路追上以大U字形逃跑的鬼魂。至於露子，則朝著斜前方直飛，意圖正面迎擊鬼魂。

兩人一前一後，急速衝向鬼魂──

「趁現在！」

星丸打出暗號，不料──

（──快來這裡！）

露子又聽見那聲音，不自覺回過頭去──哎呀，失策！

砰！鬼魂往上直衝，而露子與星丸則撞個正著。

露子失去平衡，屁股朝著水面墜落。這水太淺，根本無法當緩衝墊，露子就這樣猛力一撞！痛得她一時無法喘氣。

而鬼魂早就逃得無影無蹤了。

「痛死了……」

「妳沒事吧？屁股有沒有裂開？我還以為地面要凹進去了哩。」

啪唰啪唰！星丸跑了過來。都什麼時候了，不損人是會少塊肉嗎……露子正想伸手請星丸幫忙拉一把時，倏的大驚失色。

「星丸，後面！」

星丸回過頭，只見一隻四腳野獸，正呆呆的站在他後方。牠是特地在這裡埋伏嗎？貘那雙小小的眼睛發出了凶光。

露子想也不想就翻開了《月讀之書》。她單手高舉書本，將翻開的那頁朝向貘。

「貘，不要動！」

露子一聲令下，書頁猛然放出銀色「閃電」——不，不是閃電，而是一隻發光的蛇。蛇以電光石火的速度撲向貘，咻咻咻的纏住牠的身體，最後昂首直視貘的雙眼。

你們猜怎麼著？貘變得像冰雕似的，一動也不動！蛇頻頻吐信，接著消失無蹤，好似附身在貘身上一樣。

露子依然癱坐在地，被自己做的事情嚇了一跳。

「讚啦！」

星丸跳起來猛拍手。

「太猛了，妳打敗了貘耶！活該，這下子你就不能再吃夢了吧！」

只見星丸得意洋洋的圍著貘跳來跳去，對著瘦痛僵硬的身體搥呀搥。

露子自己站起來，走向貘與星丸。貘睜大著眼，身體也維持著即將撲向獵物的姿勢，就此定住了。簡直就像只有貘被遺落在時間的洪流之外。

「牠並非再也不能動。」

露子以疲憊而無奈的口吻說：

「因為我心裡想的，只有『不要動』而已。一旦時間久了，或是我再度用『夢之力』命令牠動，牠還是能動。」

「喔？」星丸雙手交握托著後腦。不過，星丸還是壓抑不住好奇心，對著這尊活雕像又摸又戳。

「……還是跟丟了。」

露子垂下肩膀。明明再一下下就能抓到，露子卻搞砸了。話說回來，那到底是誰的聲音……

「欸，那本書好厲害喔。妳剛剛超帥的。」星丸說。

露子打量起那本還沒合上的《月讀之書》，而令人吃驚的是，書上竟然一個字都沒寫！不僅如此，書頁還跟玻璃紙一樣透明。這本書，究竟是從哪兒冒出那種力量？

露子驚訝的注視著書，不料，耳邊又響起那聲音。

（快點、快點！）

這聲音彷彿太鼓之聲，震撼著露子的心坎。露子再度左右張望。明明聲音聽起來這麼近，卻怎麼找都找不到發話者。而且看樣子，星丸還是聽不見這聲音；相較於一臉緊張、豎耳傾聽的露子，星丸則是納悶的偏偏頭。

「怎麼了？」

「我聽見有人講話，而且不知道為什麼，聲音聽起來很著急……可是，我不知道聲音是從哪兒傳來的。」

那聲音如此著急，連露子的情緒都被感染了。如果能知道聲音的來源，露子一定立刻飛過去！

「我什麼聲音都沒聽見啊。」

「不對啦，聽起來很像有人在近處呼喚我……這聲音……」

這聲音很耳熟。可是，是誰的聲音……？露子不甘心的咬緊牙根。

——此時，手上的書隱約發出了銀白色光芒。露子嚇得仔細一瞧，只見透明的書頁上，陸續浮出銀色文字：

熟人之聲

露子睜大雙眼，點頭如搗蒜。

「沒錯！可是，是誰的聲音呢……」

剛才的文字晃了晃，像是幾滴水銀似的變得零零散散，然後再度聚攏，組成別的句子：

發話者在離妳最近的地方

「咦……？」

露子對這答案感到很困惑。然而，文字不打算進一步解惑，逕自消失無蹤，不再出現，彷彿被雨水沖刷的顏料。

（離我最近的地方……）

露子瞥向一臉讚嘆注視著書本的星丸，然後搖搖頭。星丸確實離露子最近，但發話者並不是他。那聲音似乎是個女孩——

「既然是離妳最近的地方，那也包括自己的聲音吧？」

星丸打趣的瞇起一隻眼睛。露子正想白他一眼，卻恍然大悟，倒抽一口氣。

「啊！」

她大喊一聲，嚇了星丸一跳。

露子頓時呆若木雞。在露子耳邊響起的聲音——星丸說的沒錯，那不就是露子最熟悉的——自己的聲音嗎！為什麼現在才發現呢？

「可是，為什麼？我從沒說過那種話……」

當時，那聲音撕心裂肺的震破露子的耳膜。露子的身體猛烈顫抖，幾乎要發疼。

她在呼喚我。那聲音，唯有露子聽得見的那聲音，正淒厲的尖聲求救。

我非去不可！有一縷看不見的絲線用力拉扯露子。露子倏的朝那方向奔跑，匆匆攤開翅膀。快點，再不快點的話——不知為何，露子內心有股不祥的預感，強烈驅動著她。

「妳要去哪裡啊？」

星丸邊問邊變回小鳥，停在露子頭上。露子飛得太快太魯莽，若是兩人一起飛，很可能會失散。

「我不知道——可是，我非去不可！」

究竟是為什麼這感覺如此強烈？為什麼露子的聲音呼喚著露子？到底發生了什麼事，為何露子全身充滿著恐懼？

不管三七二十一，總之露子出發了。蝙蝠翅膀幾乎要被風扯裂，但是還要再快、再快、再快一點——！

十五　繼續你追我跑

十六　藍色的故事

露子感應著遠方的強力呼喚，一路飛翔。為什麼露子的聲音會呼喚自己？現在的露子，早就將這問題拋到九霄雲外，一心只想朝著遠方的呼喚直飛。

她的心似乎想衝破身體，飛向遠方。要不是蝙蝠翅膀長在雨衣上，露子恐怕無法承受疾速飛行所造成的刀割之痛吧。

寂靜的幽暗森林傳來了神祕的樂聲，原來，四周早已布滿色彩繽紛的故事種子。它們跟露子、星丸上次來丟丟森林時相同，都是還沒有盛在花上的純種子。

「就是這裡——！」

露子急轉彎，停在空中。

水面上滿滿的故事種子，全都唱著歌——呼喚露子的聲音、牽引露子的無形力量，應該就在這裡。露子的直覺是這麼說的。可是，真的到了現場，卻聽不見聲音。四周只有種子悅耳的音樂，除此之外，寂靜無聲，連半個人的氣息都沒有。

「這裡有什麼？全都是種子啊。」

星丸在露子頭上偏偏頭。

怎麼會呢！露子急得有如熱鍋上的螞蟻。

「應該是這裡沒錯呀——一定就在這附近——」

露子在寶石花園般的水面上一邊閃躲珍珠色林木，一邊飛來飛去。

哪裡——到底在哪裡？明明就在附近呀。明明她是那麼用力呼喚露子——

「欸，我也來找好了。」

星丸從露子頭上低下頭，一張鳥嘴近在眼前。露子邊飛邊搖頭。

星丸怎麼可能找得到呢？那聲音只呼喚露子啊。露子繼續往右拐又往左掉頭，在森林迷宮中不斷穿梭。此時——

——啪唰！

蝸牛又掉下來了！這回，牠掉在高高隆起的樹根旁邊。奇怪，明明已經好好的把牠藏在口袋深處了呀。

露子咻的收起翅膀著陸，過去救蝸牛。

「不行啦，虧我好好的把你藏在口袋裡……」

露子將蝸牛捧在手心，正要站起來時，頓時嚇得全身僵直。

透過旁邊的粗樹幹，她看見了某個東西。一個活像藍色水珠的物體，緩慢的在空中飄動——

「不行！」

露子尖叫一聲，繞到樹幹後方。

鬼魂就在那裡！他融入樹木的顏色中，唯有手上的藍色故事種子，無法被透明的樹木遮住。鬼魂正打算將故事種子送入口中，露子在內心大喊——無論如何，非保護種子不可！

只見鬼魂抬起頭來，眼睛發出蒼白的凶光。他的眼神變得更加凶狠，怒氣也使臉頰閃出銀光。讓這張僵硬的死人臉這麼一瞪，露子嚇得心臟差點跳出來。

「把、把種子還來。」露子顫抖的說道。

「嘰——！」鬼魂一邊呻吟，一邊露出尖銳的銀牙。

「這是我的東西，我是作家！」

「不對！這不是你的東西！這不是你的東西！」

露子放聲大吼，「啪唰」的往地上用力一蹬，用長靴踩扁恐懼，撲向鬼魂。鬼魂發出撕裂空氣的慘叫，死命掙扎，硬是要從露子手中掙脫。露子閃躲鬼魂的手與牙齒，一邊拚命保護藍色種子。

那東西拚命大叫，連露子的身體似乎都能直接感覺到疼痛——那東西嚎啕大哭，從遠方向露子求救——那就是小小的藍色種子。渺小而無力反抗，湛藍純淨得令人落淚的——故事種子。

呼喚露子的，就是這顆種子。

露子非得到不可的，就是這顆種子。

無論如何、無論付出任何代價——

露子都必須奪回這顆種子。

「我的故事！我的！」

鬼魂大吵大鬧，但露子也凶狠得有如猛獸。她用力壓制鬼魂，撥開對方的手，頻頻伸手想搶回種子。一人一鬼不自覺的打成一團，在水上翻來滾去。

「不對！這才不是你的！這故事，是我的——」

砰！露子的額頭重重挨了一記，簡直就像被鐵鎚敲打一樣！原來，是鬼魂用牙齒使出牙鎚（相較於輕飄飄的頭，牙齒應該硬多了），露子失去平衡，向後倒地。

露子一陣頭暈，實在站不起來，連視野都變得模模糊糊——朦朧之中，她看見鬼魂打開上下兩排銀牙，正要咬下藍色種子。

唉——露子開始啜泣，彷彿被世界推落萬丈深淵。

要是有那顆種子……

（我一定就能回家了。）

要是有那個故事……

（我絕對不會惡作劇，而是笑著呼喚「莎拉」。）

要是能搶回那顆種子……

（我就不會再感到冰冷、空虛了。我會……）

我會好好跟莎拉一起吃布丁。

「——住手啊啊啊！」

儘管身體不能動，露子還是聲嘶力竭的大吼，幾乎喊破喉嚨。

這聲吶喊，震撼了玻璃群木的樹梢。

就在此時，一聲尖銳的鳥啼制止了鬼魂。是星丸！他擋在鬼魂面前拚命阻擾，鬼魂也不甘示弱，伸手想揮開星丸。只見星丸靈活一閃，倏的叼走鬼魂手上的藍色種子。剎那間，星丸宛如一隻獵鷹。

「住手！住手！住手！誰搶走我的故事，我就要他好看！」

鬼魂齜牙咧嘴發動攻勢，想抓住星丸。星丸拚命拍動翅膀，鬼魂卻以快得可怕的速度追上——

露子終於站了起來，打開《月讀之書》。

「鬼啊——睡吧！」

小小的紫色蝴蝶從書頁群起飛出，牠們圍住鬼魂撒下閃亮的鱗粉，然後恍如破掉的泡泡般消失無蹤。鬼魂頓時兩眼無神，軟綿綿的倒下。

星丸默默（畢竟他嘴上叼著藍色種子嘛）飛到露子身邊。他額頭的星號與青金石色的小小翅膀都完好無傷，露子總算卸下肩頭的重擔，心底也湧現一股暖流。

露子伸出雙手，接住星丸叼來的藍色種子。

啾嚕、啾嚕……

故事種子聚在一起時，其樂聲類似玻璃藝品的摩擦聲；而一顆種子的獨唱，則像是顫動的水滴樂曲。跟上一次比起來，種子成長了一些。這片藍好陌生，卻又好令人懷念；這片藍，彷彿對雨戀戀不忘的雨後天空。種子發出淡而柔和的光芒，跟露子的心跳一同脈動。

「嗚、嗚嗚……」

鬼魂發出呻吟，活像被沖到岸邊的癱軟水母。

「那是、那是，我的……」

「才不是呢。」

露子注視著手中的種子，搖了搖頭。她再也無法大喊，只能擠出細微的聲音。

「可是——可是，我一直在找它……我、我最寶貴的故事……」

明明施了睡眠魔法，鬼魂卻還是微微睜開眼睛，不停說話。他的意志力真是強韌啊。

「你好吵喔。寫什麼故事啊，多跟我學學，來場真正的冒險就好啦。」

星丸停在露子頭上啼叫，鬼魂一聽，頓時拉長了臉。

「閉嘴、閉嘴、給我閉嘴啦！你一隻臭鳥懂什麼？我可是作家！作家就應該在故事中冒險！」

說著說著，鬼魂居然哭了起來，聲音淒慘得活像從肚子深處擠出來似的。

「還我、還我……我還想寫啊。我想、我想好好寫完啊。可是、可是，我竟然還沒寫完就忘了……」

露子抬起頭，狠狠瞪了鬼魂一眼。

「那又怎樣，做壞事就是做壞事，其他人的夢想和故事，就這樣被你毀了！」

「可是，其他人不是早就忘光光了嗎？我不一樣，我死了還是一直在尋找故事耶。」

露子跟星丸見鬼魂哭得一抽一搭，不由得面面相覷。

「可是，那也不能……」

「欸，你幹嘛騎在貘背上？」

星丸一問，鬼魂立刻無奈的睜開眼睛。

「我不是騎在貘背上，我是想阻止牠。誰教那傢伙想搶在我前面吃掉一堆種子！真是太不像話了。」

到底是誰不像話……？頭又開始痛了起來，露子不禁扶額。

「總而言之，你不能再做這種事，不然就是給古書先生跟舞舞子姊姊找麻煩。」

「鼓輸先生？五五姊？那是誰呀？」鬼魂哭喪著臉問道。

「『下雨的書店』的老闆，還有他的精靈使者助手啦。他們專門用雨水灌溉這裡的故事種子，將它們做成書。」露子覺得萬般無奈。

「書？」

原本半睜著眼的鬼魂，頓時張開眼睛。

「做……做成書？」

「是啊。你連這都不知道啊？都怪你亂咬種子，才會導致做出來的書都很爛，古書先生可是很生氣哩！」

「怎麼會、怎麼會……啊！」

鬼魂全身激烈顫抖，猛的彈起來。

「看看我做了什麼好事！身為一個作家，怎麼可以亂搞書本呢！」

「對啊，所以嘍，別再亂咬種子啦。古書先生本來就很難搞，被你這麼一亂，他脾氣又變得更暴躁，連下午茶時間都擺臭臉呢。」

「可、可是、可是，我的故事該怎麼……」

鬼魂話還沒說完，露子便蹲下來，將藍色故事種子抱在懷裡。鬼魂將到口的話吞了回去。

「那個故事，是誰的？」

星丸變回人形，湊了過去。

露子輕輕的、輕輕的抱緊柔弱顫抖的藍色故事。

「我的……」

現在，露子終於清楚明白，呼喚自己的是什麼了。

《雨之精靈　莎拉莎拉》

露子的內心深處，浮現了故事的標題。

這是莎拉剛出生時，露子特地為她寫的故事——故事的主角，就是莎拉。究竟從什麼時候開始，露子不再繼續寫了？究竟是什麼時候忘記……為什麼從前一直想不起來呢？

……莎拉莎拉從右邊口袋掏出水藍色粉末，接著撒出去。粉末閃閃發亮，從天而降……

露子記憶中的故事一幕幕浮現在眼前。莎拉像露子一樣生在下雨天，因此在故事中，她是雨精靈莎拉。

……不久，哭了一整天的鐘錶匠瞠目結舌的看著窗外的雨……

露子心中那位可愛的精靈女孩，輕盈的展開翅膀。

……沒錯，那就是妳的淚之雨喲。

莎拉莎拉笑了。

可是，妳看。有了這場雨，外頭的大家個個手舞足蹈呢！妳瞧，院子的藍玫瑰淋了雨之後，看起來多麼開心！……

蝸牛爬上蝙蝠雨衣的領子，用觸角戳戳露子的臉頰。露子點點頭，輕輕將種子放到水面上。

緊接著——真是太神奇了，盤結交錯的樹根之中，竟然浮出一朵盛開的極光色睡蓮！花朵包住露子的故事，宛如一雙溫柔的手。露子捧起花朵，憐惜的依偎著它。

丟丟森林根本不下雨，露子的臉頰卻流下一顆顆的水珠。水珠滴答滴答，落在藍色故事種子上。故事種子發出清亮的光芒，好似正在微笑。

「——走，回家嘍。」

星丸悄悄搭著露子的肩膀。

十七　圓滿大結局

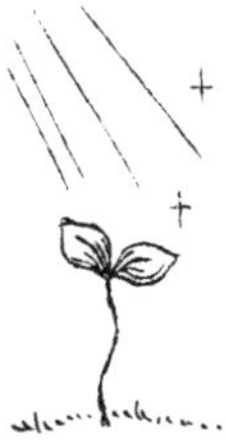

與出門前比起來，「下雨的書店」果然不大一樣了。沉睡鯨魚的旁邊有一團漩渦狀的大麥哲倫星系；發條龍蛻皮了，還留下七彩的舊皮；櫃子上的人偶也完全換了顏色——此外，古書先生的磚頭書，再剩幾頁就讀完了。

「露子、星丸！」

舞舞子飛奔過來，一舉抱住露子跟星丸。

「你們兩個沒事吧？有沒有受傷？——哎呀！露子，好大的腫包呀！到底出了什麼事？應該很痛吧……」

舞舞子冰涼的手輕撫露子的額頭，這一摸，似乎將露子的疼痛都趕跑了。

「星丸，你沒事吧？該不會又捉弄貘，到處瞎鬧吧！你怎麼能讓露子受傷呢？」

舞舞子一罵，星丸倏的拉長了臉。儘管星丸鬧彆扭，舞舞子還是溫柔的摸摸他的頭。

此時，舞舞子不經意發現，露子手上拿著兩本書。一本是銀色的《月讀之書》，另一本——是嶄新的《下雨之書》。

舞舞子微微一笑。她的笑容宛如守護夜晚的月娘。

「露子，看來妳為它灌溉了許多雨水呢。」

露子害羞的低著頭頷首。

「話說回來。」

古書先生坐在櫃台桌後方，眼鏡射出銳利的光芒。

「那位輕飄飄的先生是哪位？」

原來，鬼魂正縮著肩膀躲在露子和星丸後方呢！他那雙蒼白的眼睛左右游移，看來似乎很害怕。

露子將鬼魂推到前面去，讓古書先生看清楚他的模樣。

「這傢伙就是故事破壞者。不過他說自己是作家。」

黃色鏡片後方的眼睛一下子睜得老大。

「作家？作家居然亂咬故事種子，擾亂秩序！」

古書先生用力搥桌，力道大得幾乎震飛了磚頭書。鬼魂嚇得縮起身子，露子真好奇他會不會愈縮愈小，小到消失在世界上。

「我、我、我不知道啊。我不知道它們……全、全都會變成書。所以，我、我、怎麼辦……」

鬼魂哭了起來，哭得像是被丟棄在雨中的小狗。玻璃鉛筆掉了下來，蒼白的稿紙也「啪沙！」掉在地上。

露了說出來龍去脈，包括鬼魂寫故事寫到一半就死了，以及他一直在尋找那則遭自己遺忘的故事。

古書先生與舞舞子面面相覷，臉上五味雜陳。

「怎麼辦？古書先生，這位鬼魂先生好像沒有惡意呢。」

然而，古書先生依舊目光嚴峻。他叼著菸斗吞雲吐霧，重重挪動一雙粗短的腳，走到桌子的另一側。

「沒惡意就不必受罰嗎？天下沒這種道理！我感到非常憤怒！為了避免日後再發生同樣的事，鬼魂，我要你接受懲罰！」

鬼魂倒抽一口氣，但似乎也乖乖認命，無力的垂下頭。

「……好的。我從來沒妄想得到原諒，畢竟身為作家，我做了不該做的事。我會乖乖接受處罰……」

露子一行人同情的注視著無助的浮在空中的鬼魂。古書先生又吸了一口菸斗，吐出煙圈，肅穆的宣告刑罰。

「你說自己是作家，對吧。那麼，你必須將我們『下雨的書店』受損的故事全部重寫，好好寫完！聽好了，只要是你破壞過的故事，全都得重寫！而且，你必須寫得夠好，好得讓我心服口服！」

鬼魂愣愣的抬起頭，好像聽不懂古書先生的意思。不久，他臉上頓時充滿神采！

「這、這、這樣好嗎？我、我能在這裡、寫書？」

古書先生依舊一本正經。

「這數量非同小可，你要蹲很久很久嘍。做好心理準備吧！」

「嗚哇啊啊！」

鬼魂淚中帶笑（絕大部分是笑），張開雙手飛上天。

露子、星丸跟舞舞子彼此相視而笑。

「古書先生，這本書還你。它好厲害，嚇了我一大跳呢。」

露子遞出《月讀之書》，古書先生接過來，冷哼一聲。

「書這東西，唯有灌注靈魂用心書寫，才能成為厲害的書。當然，能不能看出這點，端看讀者的資質啦。」

古書先生那一板一眼的態度，露子看了也只能聳聳肩，不過，她心中卻泛起了微笑。

「呃，古書先生，還有一件事。這本書……」

露子將藍色封面的《下雨之書》高舉到眼前。

「我想留著這本書……請問該怎麼結帳呢？」

古書先生挑起單眉，打量露子手上的書。

「嗯，裝幀很不錯，不過故事本身還不成熟……像我這種老手，光看封面就能看出來了。不過，很可惜，那本書並不是我們『下雨的書店』所製作的書。也不必結什麼帳啦，那是妳的書。」

露子眼睛一亮，然後用力抱緊專屬於自己的《下雨之書》。

接著，大家帶鬼魂去製書室，好讓他了解這間書店。

這是一間寬敞明亮的藍寶石色大廳。湖面上漂浮著承載種子的花，沐浴著清澈的雨水。

「這裡，就是你接受處罰的地方。」

古書先生傲然揚起屁股前端的小小尾羽，高聲宣告。鬼魂好似一顆迎著強烈春風的熱氣球，在花兒上方飛來飛去。他幹勁十足的回到玻璃走道，然後握著古書先生的翅膀，深深一鞠躬。

「欸，我問妳喔。」

星丸雙手交疊在後腦，偏了偏頭。

「那隻貘該怎麼辦？」

「啊！」

露子不由得摀住嘴。她完全忘記貘了！露子老實說出當時用《月讀之書》定住貘的事情，舞舞子聽得咯咯笑。

「哇，你們真的完成了一場大冒險呢。——別擔心，時間一久，『夢之力』就會逐漸失效，到時候牠又能動了。」

「可是，牠會不會又開始吃故事種子？」

露子心想，這種事千萬不能姑息，一定要阻止到底！不過，古書先生卻一派輕鬆的舉起菸斗。

「妳在胡說什麼啊！貘只吃遺忘的夢想，故事種子對牠來說，連零食都算不上。」

露子啞口無言，當然，鬼魂也不例外。

一回到店裡，只見書芊書蓓扛著某樣東西，飛到露子跟前。

「書芊、書蓓！妳們跑哪兒去了？我好想妳們喔。」

兩名精靈卸下優雅端莊的神情，開心的微微一笑。原來，她們送來了露子的淺綠色雨衣……肩膀的裂縫已修補得完美無瑕，一點縫補的痕跡也沒有。緊接著，她們送來另一個白色袋子……是那個裝著布丁跟果凍的購物袋。

「……謝謝。」

語畢，露子輕柔的收下這些東西，然後望向大夥兒。

「那麼……我該回家了。」

舞舞子站在兩名精靈後面，她的笑容，媲美月光下傲然綻放的花朵。此時，古書先生的短腿重重蹬了一下。

「咳咳！」

他胸口的羽毛變得蓬鬆，黃色鏡片後方的眼睛閃出銳利的光芒。

「好啦，解決了一件難題……鬼老弟得在這裡做到死了——不過他本來就死了。畢竟，我們『下雨的書店』可是來了一名寫手呢。我們不再只依賴雨水，這下子，就算偶爾收到無聊的種子，也能培養成偉大巨作了。」

古書先生身後的鬼魂微微嘟起嘴，縮起身子。

露子直直注視古書先生的眼睛，粲然笑著說道：

「世上才沒有無聊的種子呢。古書先生，固然也有不完美的故事種子，但是每顆種子都賭上了性命。」

古書先生的大眼睛似乎流露出一絲訝異。

接著，露子再度環視大夥兒一遍。

「各位，掰掰嘍——」

古書先生深深頷首，彷彿為歷險歸來的騎士送行。書芊與書蓓各自抓著露子兩邊的髮綹，用力抱緊。鬼魂抬眼望著露子，含蓄的揮揮手。

舞舞子將手搭上露子的肩。

「來，露子，換上那件雨衣。」

「咦？」

「蝙蝠雨衣的尾端破掉了。這件我先幫妳保管，下次妳來之前，我會補好它。」

舞舞子的黃昏色眼眸調皮的眨了眨眼。露子笑逐顏開，點了點頭。

「掰掰……掰掰嘍，星丸。」

露子換上原本的淡綠色雨衣，對著星丸揮揮手。星丸一副沒聽見露子說話似的，只顧把玩裝著水中花的玻璃球（但是偷偷噘起嘴巴）。

露子見了那張臉，不禁莞爾一笑。

「星丸，希望你能找到那個需要你的人。」

露子說完，星丸還是頭也不回，反倒是鬼魂開口了。

「呵呵，找得到嗎？青鳥加上希望之星，這不是人人都想要的嗎？」

（啊！）

露子的心燃起一盞明燈。她好像知道需要星丸的人是誰了……沒有人能獨占星丸，也沒有人會忘記他吧。

「好了，下次見！大家再見。」

露子進來「下雨的書店」的那扇小木門應聲開啟。

「謝謝妳，露子！」

「下次妳來時，我們『下雨的書店』，肯定滿屋子都是『獵書嗡嗡』！」

「再見……抱歉害妳額頭腫起來！」

大夥兒與精靈們都揮手道別。

最後，露子正要穿越那扇門時，身後響起了宏亮的聲音。

「掰掰嘍，露子！」

就這樣，小小的木門「砰」一聲關了起來。

圖書館裡潮溼、寧靜，不過四周稍微亮了一點。不只是電燈的光線，而是陽光透過大扇玻璃窗灑了進來。雨停了。

露了站在普通書櫃之間的短走道，而不是那條漫長如迷宮的通道。回頭一看，歷史、參考書書櫃前方是廣大的閱覽區，盡頭是一面象牙色牆壁。

刻著「下雨的書店」五個大字的木門，早已不見蹤影。

有人在閱覽桌邊大伸懶腰，有個女孩抱著一疊書，搖搖晃晃的走向借書櫃台。

露子忽然想起一件事，趕緊摸索兩邊口袋。

（有了……！）

她從口袋掏出七寶屋老闆所送的贈品——桃紅色海螺做成的蝸牛公仔。

露子也不顧旁邊的眼鏡男及拐杖爺爺露出的狐疑目光，當場就坐下來脫掉長靴。……不見了。那隻蝸牛好像跑去別的地方了。

（牠下次還願意帶我去嗎……）

露子將長靴套回去，直視那只桃紅色蝸牛公仔。

一定還能再回去的。畢竟蝙蝠雨衣還寄放在舞舞子姊姊那邊，而且也得看看鬼魂——靈感工作得怎麼樣……還有，等蝙蝠雨衣補好了，一定要再跟星丸一起飛上天！

露子點點頭，三步併作兩步的前往圖書館大門。購物袋發出咔沙咔沙的聲響也沒關係。她抱緊《下雨之書》，走到雨水洗刷過的明亮大地。

莎拉看到這只蝸牛，不知道會露出什麼表情？

莎拉聽完這本故事書，不知道會有多高興呀——

露子踏著水坑，在彩虹高掛的天空下，跑向回家的路。

未完待續，《下雨的書店之降雨者》即將出版。

作者簡介

日向理惠子

一九八四年生於日本兵庫縣，從小便展現出喜歡畫畫的天分，六歲左右開始把筆記本當成空白繪本，在上面塗鴉創作。小學時因為體弱經常待在保健室，在保健室的老師指導下學會打字。不論在教室或是家裡，總是在讀書或者寫字，也經常抱著寫字用具到處走來走去，雖然實際完成的作品並不多，卻就此開啟了她的創作之路。高中時曾以高木理惠子的名字出版了《前往魔法之庭》（魔法の庭へ），二〇〇八年出版《下雨的書店》之後，以兒童文學作家身分在日本文壇展露頭角。

《下雨的書店》系列已出版至第五冊，除在日本備受歡迎外，也發行多種海外譯本。其他重要著作尚有融合戰爭與奇幻題材、改編為電視動畫的《獵火之王》（火狩りの王）系列、以「不想去上學」念頭展開的《星期天的王國》（日曜日の王国）、以荒廢的遊樂園和外星人為題的《迷路星星的旋轉木馬》（迷子の星たちのメリーゴーラウンド），以及甫問世的《星星的廣播電台與卷螺世界）（星のラジオとネジマキ世界）等作品，每一部都是以純真的兒童之眼創造的想像世界。

創作之餘，日向理惠子喜歡養花蒔草，是一位綠手指。除了在部落格上與讀者分享她的植物日記外，她也將對花草的愛好融入情節創作之中，讓幻想世界充滿自然綠意。

繪者簡介

吉田尚令

一九七一年生於日本大阪，為知名插畫家。一九九〇年自大阪府立港南高校現代工藝科畢業後，從事設計和廣告相關工作，現在以插畫和書籍封面為主要創作領域，由於畫風柔和，經常被誤認為是女性插畫家。繪製作品除了《下雨的書店》系列，還有與知名作家宮部美幸合作的《惡之書》、由演員草彅剛翻譯自韓文的《月之街　山之街》（月の街　山の街）、板橋雅弘「壞蛋爸爸」系列的《我爸爸的工作是大壞蛋》和《我的爸爸是壞蛋冠軍》，以及安東みきえ的《向星星訴說》（星につたえて）等。於二〇〇一年起多次舉辦個展，並以與知名兒童文學家森繪都合作之《希望牧場》獲得國際兒童圖書評議會榮譽獎（IBBYオナーリスト賞）。

譯者簡介

林佩瑾

淡江大學應用日語系畢業，曾任出版社編輯，熱愛閱讀、電影與大自然，家有一貓。

主要譯作有《思考的孩子》、《開書店的貓》、《思考力培養法》、《漁港的肉子》、《撒落的星星》等等。

聯絡信箱：kagamin1009@gmail.com

故事館

小麥田 **下雨的書店**

作　　者	日向理惠子
繪　　者	吉田尚令
譯　　者	林佩瑾
封面設計	達　姆
編輯協力	沈如瑩　呂佳真
責任編輯	巫維珍
國際版權	吳玲緯
行　　銷	闕志勳　吳宇軒　余一霞
業　　務	李再星　李振東　陳美燕
編輯總監	劉麗真
事業群總經理	謝至平
發 行 人	何飛鵬
出　　版	小麥田出版 地址：115 台北市南港區昆陽街16號4樓 電話：(02)2500-0888 傳真：(02)2500-1951
發　　行	英屬蓋曼群島商家庭傳媒股份有限公司城邦分公司 地址：115 台北市南港區昆陽街16號8樓 網址：http://www.cite.com.tw 客服專線：(02)2500-7718｜2500-7719 24小時傳真專線：(02)2500-1990｜2500-1991 服務時間：週一至週五09:30-12:00｜13:30-17:00 劃撥帳號：19863813　戶名：書虫股份有限公司 讀者服務信箱：service@readingclub.com.tw
香港發行所	城邦（香港）出版集團有限公司 地址：香港九龍九龍城土瓜灣道86號 順聯工業大廈6樓A室 電話：+852-2508-6231 傳真：+852-2578-9337
馬新發行所	城邦（馬新）出版集團【Cite(M) Sdn. Bhd. (458372U)】 地址：41-3, Jalan Radin Anum, Bandar Baru Sri Petaling, 57000 Kuala Lumpur, Malaysia. 電話：+6(03) 9056 3833 傳真：+6(03) 9057 6622 讀者服務信箱：services@cite.my
麥田部落格	http://ryefield.pixnet.net
印　　刷	漾格科技股份有限公司
初　　版	2022年7月
初版九刷	2024年3月
售　　價	299元

ISBN 978-626-7000-45-8

EISBN 9786267000496 (EPUB)

國家圖書館出版品預行編目資料

下雨的書店／日向理惠子著；吉田尚令繪；林佩瑾譯. -- 初版. -- 臺北市：小麥田出版：英屬蓋曼群島商家庭傳媒股份有限公司城邦分公司發行, 2022.07
面；　公分

ISBN 978-626-7000-45-8（平裝）

861.596　　111002150